慾望的魔術師

谷崎潤一郎

珍藏紀念版

遊走在人心晦暗處的慾念書寫・谷崎潤一郎犯罪推理經典小說集

陳系美譯

目次

輯二——一三三

詭麗之犯罪

輯一 欲望遊戲

慾望，
不僅消除了我的恐懼，
反而魅惑般征服了我的心。
不知不覺我的身體與心靈都成了傀儡而樂在其中。

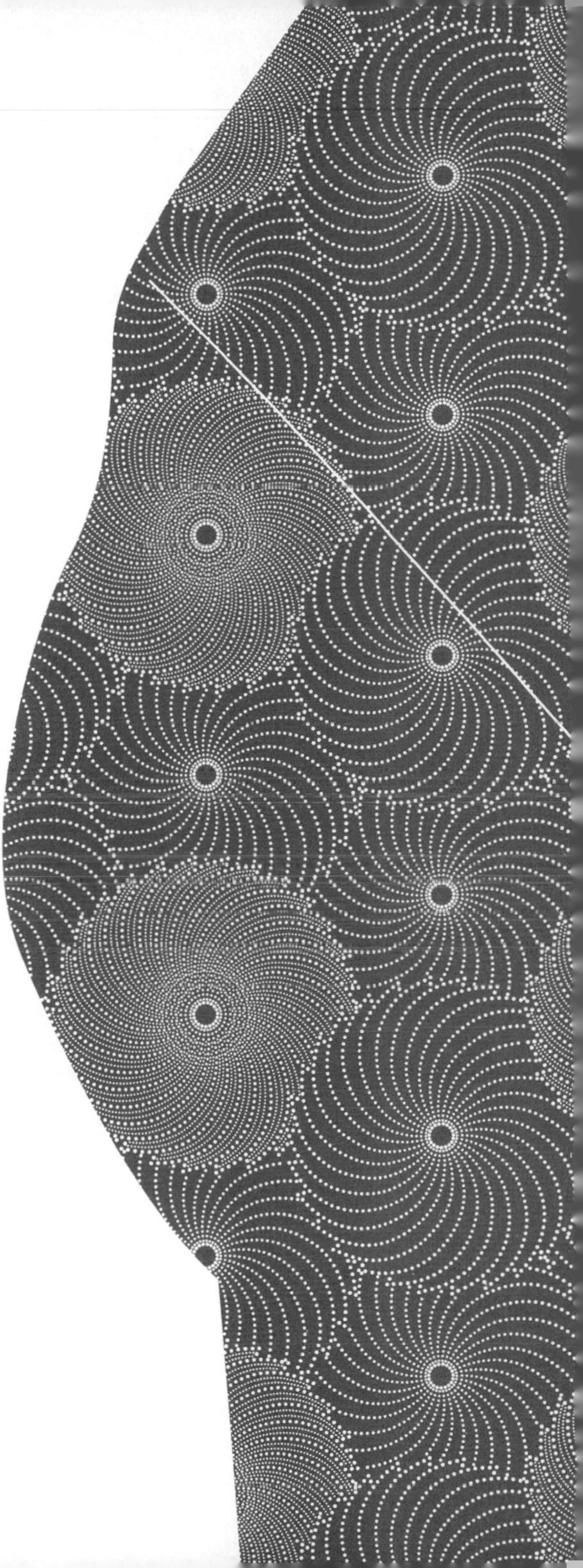

魔術師

如今我已記不清楚，我是在哪個國家的哪個城鎮，看到那個魔術師。我覺得那像日本的東京，有時又覺得是南洋或南美的殖民地，或像中國或印度的小碼頭。總之，那是遠離世界文明中心的歐洲，在地球小角落的國家首都，而且是極其繁榮富庶的地區，非常熱鬧的夜晚巷弄。若你想更進一步掌握此地的性質、光景與氛圍，那麼簡單地說，你可以把它想像成淺草公園的六區。它和淺草公園的六區很像，但是個更奇妙、更雜亂，且更頹廢靡爛的公園。

若你覺得我說像淺草公園，你不會有美麗或懷念的感受，反而聯想到令人不愉快的汙穢之地，那是因為你對「美」的看法與我截然不同。我指的「美」，當然不是棲息於凌雲閣下的那群娼婦，而是說整座公園的氛圍。背面有著節制的黑暗洞穴，繞到正面是常保歡愉開朗的臉，閃耀著好奇大膽的眼眸，夜夜以化著濃妝為豪，這樣的整座公園情調。那是一座偉大的公園，如大海般壯觀的公園，無論善惡美醜、歡笑淚水，能夠溶解一切事物，綻放出巧妙炫目的光芒，充滿燦爛絢麗的顏色。而我現在要說的某個國家的某座公園，就偉大與混濁這點而言，我記得它是個比六區更具六區氛圍，充滿詭異且殺氣騰騰的地方。

覺得淺草公園是俗不可耐的鄙俗場所之人，看了那個國家的公園不曉得會怎麼說。那裡有著比鄙俗更駭人的野蠻、骯髒與腐敗，彷彿沉澱在溝渠下水道般堆積著，白天在熱帶的艷陽下，夜晚在燦亮的燈光下，毫無羞恥地暴露出來，且不斷發酵冒出悶熱的惡臭。然而，就如深諳中國料理「皮蛋」美味之人，不僅能享受那簡直像腐壞墨綠色鴨蛋的反胃詭異氣味，更能津津有味地品嘗含在口中的濃郁滋味，覺得好吃到令人彈舌。我第一次去那座公園時，感受到的震撼就如吃皮蛋這種有點噁心的趣味。

那是涼風習習拂來的初夏向晚時分，我與戀人在那城市的咖啡館享受愉快的約會後，兩人手挽著手，親暱地散步在電車和汽車與人力車往返頻繁的路上，她忽然睜大妖豔的大眼睛，在我耳畔低語：

「今晚我們去那座公園逛逛吧？」

「公園？公園裡有什麼嗎？」

我些許驚訝地問。我這麼問是因為，迄今我不知道這城市有那樣的一座公園，而且那時她語氣有種可疑的蹊蹺，聽起來像在慫恿我做什麼不可告人的壞事。

「因為我猜你應該很喜歡那座公園呀。我第一次去那座公園時非常害怕，覺得女生走進那座公園是一種恥辱。可是自從愛上你之後，我不知不覺受到你的感化，現在已經能領會那種地方有種難以言喻的趣味。就算沒認識你，我也開始覺得，只要去那座公園就會見到你。……就如你很迷人一樣，那座公園也很迷人。就如你喜歡獵奇一樣，那座公園也是獵奇的好去處。你應該不至於不知道那座公園吧？」

「哦，我知道，我知道。」我不由得如此回答，且更繼續說：「……我記得那裡應該有各種罕見的雜耍表演。全世界堪稱奇蹟的奇蹟都聚集到那裡去了。那裡有古羅馬圓形劇場才能看到的演出吧，也有西班牙的鬥牛吧。此外更有相當離奇且妖豔的競技場吧。還有，比起我最喜歡的可愛美麗的妳，令人更喜歡的電影吧。比挑起世人好奇心的法國默片電影《方托馬斯》或《普羅蒂亞》，那裡更有如白晝幻境般各種令人毛骨悚然的影片放映吧。」

「前些時候，我在那裡的電影院看了很多電影，電影裡也出現了很多你平時愛看的，自古享負盛名的詩人或藝術家的經典詩篇或戲劇，例如荷馬的《伊利亞德》，但丁《神曲》的地獄照片，你大概也都知道吧。可是你看過中國小說《西遊記》西梁女國的艷魔媚笑嗎？還有美國的愛倫坡以精巧細緻的絲線編織出的幾個兼具恐怖、狂想、神祕的詭異故事，你可曾想像過那些故事呈現在銀幕上，逼真地展現在眼前，有多麼驚悚駭人？例如《黑貓》令人戰慄的地下室狀況，或《陷阱與鐘擺》的陰鬱牢獄慘狀，電影都呈現得比小說更毛骨悚然，比實際情況更加鮮烈，請你也要去體驗一下，看到那種強烈鮮明的場景出現在大銀幕時的心情。而且沉默安靜看著這些電影的數百名觀眾，大家都像在作惡夢般冷汗直流，女人抓緊男人的手臂，男人摟緊女人的肩膀，儘管咬緊牙根，但充滿興奮膽怯的目光，也專注執著地投注在電影上。他們時而像發燒的病人頻頻嘆息，但絕不會咳一下或眨一下眼睛。因為他們的靈魂已充滿驚異，身體僵直，根本無暇做這種事。偶爾如果有人受不了過於赤裸的情節，別過臉去想逃出電影院，昏暗觀眾席的角落就會發狂似地傳出激烈掌聲，然後掌聲轉眼瀰漫四方，連那些暗自想逃走的人也附和起來，就這樣霎時響起足以震撼電影院的盛大掌聲，持續了一陣子……」

她那種深具挑逗性的巧妙敘述很有畫面感，字字句句恍如天空精密設計的彩虹，喚起我心中清晰的幻影。聽她說話時，我覺得像在看電影，感到一種光彩奪目，同時也讓我覺得好像去過那座公園很多次了。至少她說的那些值得一看的電影畫面，分不清是我的幻想抑或照片，時不時浮現在我心中的銀幕，頻頻促使我去注視它。

「可是那座公園，可能有更犀利的東西，會威脅我們的靈魂，更加嶄新地蠱惑我們的官能吧？或許也有喜歡獵奇的我，作夢都想不到的破天荒表演節目吧？我不知道那是什麼，但我想妳一定知道吧。」

「對，我知道。最近公園的池畔出現了一座雜耍小屋，那裡有位年輕俊美的魔術師。」

她立即回答，並繼續說：

「我常經過那個小屋，但還沒有進去過。因為城裡的人說，那位魔術師的身材與容貌，美得過於令人目眩神迷，所以有戀人的人，最好不要靠近他比較安全。很多人都說，那個人表演的魔法，與其說詭異不如說妖豔，與其說神奇不如說可怕，與其說精湛巧妙，不如說是一種邪惡妖術。可是很奇怪的，只要曾經走進那扇冰冷鐵門，去小屋看過魔術表演的人，一定會著魔似的每晚都去。連他們自己也不曉得為何那麼想看。我猜一定是他們連靈魂都被施展了魔法吧。可是你應該不怕那個魔術師吧？畢竟你愛鬼魅勝於人類，比起活在現實裡，你更熱愛活在幻覺裡，所以你應該會忍不住想看那個評價很高的公園魔術。就算魔術師會施展什麼毒辣的詛咒或魔法，只要跟你一起去，我也應該絕不會被迷惑……」

「如果被迷惑了就被迷惑，有什麼關係呢？既然那個魔術師長得那麼俊美。」

我說完哈哈地笑了起來，快活的笑聲如雲雀在春天原野啼鳴。但下一個瞬間，我卻忽然被湧上心頭的淡淡不安與輕微嫉妒背叛了，忍不住粗聲粗氣地迅速補上一句：

「那我們現在就去那座公園看看。我和妳一起去測試那個男人，看他能不能對我們的靈魂施展魔法。」

我們不知不覺來到城市中央的大街，在大噴水池旁徘徊了片刻。噴水池的周圍以牛奶色大理石做成皇冠般的圓型矮牆，每隔約兩公尺豎著一座女神像，女神像的腳下湧出淙淙泉水，不斷朝著夜空星辰往上噴，在弧光燈的照耀下化為霓虹或雲霧，在夜晚的空氣中潺湲地抽泣著。我坐在行道樹蓊鬱樹蔭下的長椅上，眺望街頭的人潮，不久從熙攘人群發現了一個詭異現象。有四條路從城市的四方而來，匯集於噴水池廣場，每一條路都有群眾在享受著傍晚漫步，顯得相當熱鬧，但這些人幾乎都朝同一個方向走去。東西南北四條路中，除了南邊那一條，其他三條路的行人一旦在廣場會合後，便排成更為濃密的隊伍，形成黑壓壓的人龍，絡繹不絕朝南邊的路口走去。於是坐在噴水池旁長椅休憩的我們，彷彿停滯在大河中央的浮洲，孤獨安靜地被周遭人群拋在後面。

「你看，這麼多人都被吸引去公園了。所以我們也趕快去吧。」

她如此一說，溫柔地推推我的背，站了起來。為了不遭人群擠壓而分散，我們的手臂如鐵鍊般緊緊互纏，走進擁擠的人潮裡。

有一段時間，無論我願不願意都只能被人潮推著走。遠眺前方，公園意外地近，霓虹燈發出紅藍黃紫的璀璨光芒，在幾乎快要燒到人們頭頂的低空處，閃爍著燃燒般的光輝。道路兩旁並排著分不清是青樓或餐飲店的三四層樓閣，抬頭看向如珊瑚珠掛了整排的鮮豔岐阜燈籠露臺上，酣醉的男女客人如野獸般暴露著恥度無極限的狂態。其中有人俯瞰街上的群眾，口出惡言謾罵，奚落調侃，甚至向群眾吐口水。他們都不顧體面忘記羞恥地盡情嬉戲調情，喧囂胡鬧，最後男的變得像軟趴趴的蒟蒻，女的則像阿修羅散著一頭亂髮，紛紛從露臺的欄杆倒頭栽掉落在人群的上面。轉眼間，底下看熱鬧的人開始起鬨，那些跌落下來的人，有的臉部被刮得很慘，有的衣服被撕得稀巴爛，有的放聲慘叫，有的昏了過去簡直像屍骸，彷彿浮在水面的藻屑不斷往前漂流。有個男人倒頭栽掉在我前面，我看著他倒立突出兩隻像木樁的小腿，不斷被人潮擠著倒立行走。不久那男人雙腳的周圍，出現來自四面八方惡棍的手，首先脫掉他的鞋子，然後撕破他的褲子，最後連襪子也脫掉，不斷地打他抓他。還有一個喝到爛醉的胖女人，以義大利畫家喬瓦尼・塞岡蒂尼《淫蕩之罰》畫中人物的仰躺姿勢被眾人往上拋，一邊「嘿咻嘿咻」地喊著將她往上拋抬著走，這一幕也很駭人。

「這個城市的人，好像大家都瘋了。難道今天是什麼節慶嗎？」

「不是。不是只有今天。來這座公園的人，一年到頭都這樣胡鬧，也始終這樣喝得爛醉。走在這街上的人，神智清醒的只有你和我。」

她依然端莊穩重，語氣正經地悄悄告訴我。無論身在如何喧囂的巷弄，無論處於多麼雜亂的境地，她都能常保天生的典雅沉著與純潔熱情，看在我眼裡她是惡魔環繞中的唯一女神，顯得清純高貴。我看到她清澈的眼眸，感覺像在呼嘯的暴風雨中，看見一片晶瑩晴亮明鏡般的秋空。

我們被人潮擠來擠去，幾乎是一寸一寸地走著一尺之地，公園入口明明就在呎尺前方，卻花了一個多小時好不容易才抵達。抵達公園門裡的廣場後，原先擠得密密麻麻，猶如巨大蜈蚣爬行到此的人們，終於三三兩兩地散開，各自朝想去的地方走去。這裡雖說是公園，但極目遠眺並沒有山丘也沒有森林，而是櫛比鱗次巍峨聳立著極為人工化的奇形怪狀高樓大廈，點著幾百萬顆燈泡，彷彿來到童話故事裡的都市。我茫然佇立在廣場中央，環視這壯觀景象，首先最讓我喪膽的是，高聳入空閃著璀璨光芒的「Grand Circus」霓虹廣告燈。那是一座直徑幾十公尺的超級龐大摩天輪，「Grand Circus」字樣恰好出現在軸心部分，數十支輪輻都鑲滿燈泡，彷如光箭耀眼奪目，輪環則如撐開的巨大花傘，徐徐且雄偉地旋轉著。更驚人的是，數百個只穿薄紗等同裸體的馬戲團特技男女，攀登上火焰閃耀的火柱，隨著摩天輪的旋轉，從上方的輪輻，依序不斷跳到下方的輪輻。從遠處眺望，許多吊在摩天輪的人，恍如天使飛舞，衣衫翩翩地翻飛，翱翔在清亮的夜空中。

促使我注意的，並非只是摩天輪，還有幾乎覆蓋整個公園上空，古怪滑稽又妖豔的燈光秀，恍如永遠不會消失的煙火，在那裡蠢動、閃耀，蠕動。曾經為隅田川煙火歡呼的東京市民，或覺得大文字山的篝火很稀奇的京都居民，看到那片天空的光景，想必會驚訝萬分。那數量驚人燈火所呈現的大膽模樣與精巧線狀，當時我只是環顧一下，至今仍然難以忘懷。打個比方來說，那就像有個具備了超乎人類神通力的惡魔，擅自在天幕任意塗鴉，我只能如此形容。又或者很像在告知世界最後的審判日，也就是末日將近，因此太陽在笑，月亮在哭，彗星狂出，各種形形色色起伏變化的恆星，無拘無束在天際曳航。

我們佇立的廣場，正確地說是半圓形，有七條街道從圓弧上方，如扇骨般朝伸展而去。這七條街道中，最寬廣壯觀的是正中間的大街。公園裡有幾十間幾百間雜耍店，其中特別受歡迎的雜耍店大多在這條大街上，有的莊嚴、有的危險、有的瘋狂、有的均整，各式各樣建築物齊聚在此。這些建築物如城堡般櫛比鱗次卻參差不齊地交錯著，裡面有像日本金閣寺風格的寺院，有撒拉遜式建築的高閣，也有比比薩斜塔更傾斜的望樓，更有像酒杯形狀且膨脹得像怪物的殿堂，或是整棟做成人臉的建築物，歪斜得像紙屑般的屋簷，扭曲得像章魚腳的柱子，有的宛如波浪，有的宛如漩渦，有彎曲的，有反翹的，玩弄各種不同姿態，有伏地的，也有摩天的。

「親愛的……」

此時，我心愛的戀人如此呼喚我，輕拉我的衣袖。

「你覺得有什麼稀奇的嗎？怎麼看得如此入神。你常來這座公園吧。」

「對啊，我來過好幾次了。」

不這麼說我會很丟臉，因此連忙點頭。「……可是，不管來幾次我都會看得入神。我就是這麼喜歡這座公園。」

「這樣啊。」她天真爛漫地微微一笑，舉起左手，指向那條大街的盡頭，「魔術師的小屋在那裡，我們趕快去吧。」

從廣場到大街入口處，有個巨大如鎌倉大佛的赤鬼頭像在瞪著我們。赤鬼的眼睛崁著青綠色和深綠色的燈泡炯炯發光，露出鋸子般的牙齒笑著，長著鋸齒的上下顎之間有個拱門，人們都穿越這道拱門進去。光是這個就夠嚇人，加上整座公園已經亮得像熔爐那般，那條大街更是亮得刺眼，一道煙火從赤鬼口中熊熊噴出。我在戀人的催促下跳進那煙火時，覺得渾身恍如快被燒焦了。

街道兩旁的雜耍店櫛比鱗次，走近一看更為誇張，更殺風景，也更顯奇異。有以花俏刺眼的顏料，肆無忌憚將極其荒唐無稽場面畫成的電影看板。每棟建築物都塗上獨特卻難以言喻的不愉快醒目顏色，散發著濃濃油漆味。還有招攬客人用的旗幟、人偶、樂隊，混亂且放蕩不羈的變裝遊行等。若要一一詳述，恐怕大家會悚然捣起眼睛。我看到那一幕的感受，若以一句話來形容，就是一個妙齡女子的臉，因為長了膿瘡，膿流了出來，形成一種美麗與醜陋的奇異組合。有筆直的東西、渾圓的東西、平坦的東西，彷彿擁有一切正確形狀的物體世界，映在凹面鏡或凸面鏡裡，交織著不規則與滑稽和噁心感。坦白說，我在那裡走著走著，感到一種深不見底的恐懼與忐忑，甚至幾度想掉頭走人。

若不是和她在一起，我可能會真的中途逃走。我心中滿是畏縮膽怯，她卻越來越輕快，踩著彷如小孩天真無邪的步伐，勇敢地邁進。每當我以遭受威脅的怯懦眼神，傾訴般地偷看她，她總是展現愉悅天真爛漫的表情，嫣然一笑。

「像妳這麼坦率柔和的女孩，為何能氣定神閒地看這種恐怖街景？」

我屢次躊躇地想如此問她，但都不敢問出口。倘若我真的問了，她會如何回答呢？可能會說「我能如此氣定神閒，是受到你的感化」，或是「因為我有你這個戀人在。走進愛情暗路的人，不會害怕也不會羞恥」吧。沒錯，她一定會如此回答。她就是如此全心地信任我，如此純粹地愛著我。溫馴如羊、潔淨如雪的她，會喜歡這座公園，確實是她戀慕我的證明。這是她努力把我的興趣當成她的興趣，把我的嗜好當成她的嗜好的結果。世人或許會說，她因為我而墮落了。但無論她的興趣或嗜好如何接近惡魔，她的心，她的心臟依然沒有失去人的溫情與品格。

如此一想，我真的非得感謝她不可。像我這種對世間不抱任何期望，只抱著美麗之夢漂泊各國，慵懶孤寂度日的人，居然能征服高貴女子的靈魂，想到這裡我覺得非常惶恐。

「像妳這麼溫柔善良的女子，我實在沒資格當妳的戀人。妳是個非常高雅、非常正面的人，實在不適合和我一起來這座公園玩。所以我要勸妳，為了妳好，我們還是分手吧，這樣妳不曉得會有多幸福。想到妳居然變成能大膽到氣定神閒地走進這種地方，我就覺得自己罪孽深重。」

我不經意地這麼說，握住她的雙手，佇立在路上。但她依然氣定神閒，笑臉盈盈。她宛如不懂事的小孩，不知道自己面臨多麼可怕的毀滅深淵，眼中依然充滿開朗之色，眉宇顯得清爽快活，滿臉笑咪咪的。我一再反覆說著同樣意思的話，她才如此回答：

「我有心理準備。事到如今不用問你，我也明白。和你在一起，像這樣走在這個城市裡，你知道我有多快樂、多幸福嗎？如果你覺得我可憐，那就請你永遠不要拋棄我。就如我不懷疑你，請你也不要懷疑我。」

她的心情依然很好，以小鳥般快活的聲調，流利地說出這番話。然後她再度催促我快走，終於來到魔術師的小屋前，她像在激勵我似的又說了這番話。

「好，我們要進去測試了。看我們的愛情，和魔術師的魔法，哪一個比較強。我一點都不怕，因為我堅定地相信你。」

看來她一直在糾結這件事。如今她已將真心表達出來，無論我如何卑劣，如何低級下流，都忍不住興奮起來。

「對不起，剛才我說了那種話。像妳這麼清純的女人，和我這麼汙穢的男人結合，大概是命運吧。我們的身體與靈魂，可能從出生以前，就被看不見的宿緣鎖鍊綁在一起了。妳依然是清純的女人，我依然是汙穢的男人，被兩人永遠應該相愛的因果支配著。魔術師算什麼，無論要去多麼詭異的地方，多麼悽慘的地獄，我都會跟著妳去。既然妳都不怕了，我又有什麼好怕的。」

我說完，跪在她面前，在她神聖莊嚴的白衣裙擺獻上一個長吻。

魔術師小屋的所在地，就如她所言，在鬧區盡頭一處冷清之地。從人聲鼎沸的喧囂鬧區，忽然來到這昏暗陰森地區，我的神經豈止無法鎮定下來，簡直是毛骨悚然，滿心疑惑覺得有難以預料的災禍在等著我。在此之前，我詫異於這座公園竟沒有任何自然景致，例如樹木森林流水等。但來到這一區，我首度看到應用了幾分自然要素的景致。可是當然，這裡使用的自然要素絕非為了重現自然景致，反而只是被當作輔助人工，或彌補乖僻技巧效果的材料來使用。這麼說，各位可能會想像愛倫坡小說《阿恩海姆樂園》或《蘭多的小屋》描寫的庭園藝術，但我說的人工山水，比那個更賣弄小花招，更遠離自然景色。也就是說，無論樹木花草流水，都和拱門看板電燈一樣，只是被當作構成建築物的一種道具來使用。這裡有的不是縮小的自然或訂正的自然，說是取山水形狀的建築物比較適當。森林或樹木，都缺少植物的生動朝氣，宛如精巧的複製品展現無可挑剔的線狀，說是庭園，反倒比較像拍戲的布景道具。用樹葉取代繪畫顏料，或以水取代描繪波浪的布景，以山丘取代紙糊的東西，如此而已。

若將這些山水當作舞台裝置來評價，確實是相當淒慘的特殊場景，掌握了自然景致難以企及的況味。從一棵樹的枝幹，到一塊石頭的樣態，都配置得彷彿蘊含了憂鬱的暗示，呈現出深遠的觀念，甚至讓我們忘記那是樹木、那是石頭，陰森到令人不寒而慄。大家可能知道亞諾．柏克林的名畫《死之島》吧。我現在想說明的場景和這幅畫多少有些相似，只是以更冷峻、晦暗、寂寞的物象呈現出那種效果。首先，極端威脅我神經的是，宛如屏風圍繞在那裡的漆黑高聳白楊樹林。我花了很多時間才發現那是一片樹林。因為那形狀很詭異，從遠處看根本看不出是樹林，簡直像監獄的圍牆，沒頭沒尾，彷彿只是一片漆黑平坦的牆壁，像水井壁圓圓地圍繞，且高聳矗立著。而且仔細端詳之後，更發現這蜿蜒的圓型牆壁，是兩隻巨大蝙蝠分立左右，展開暗澹的翅膀，呈現握手的態勢。再更加仔細察看，居然發現蝙蝠的眼睛耳朵，手腳之間，甚至翅膀與翅膀之間的空隙，都有清楚的輪廓，恍如映在紙拉門上的影像，逼真地充塞天地之間。這也難怪我一時難以辨認，只是好奇這種巧妙的剪影輪廓究竟用什麼做出來的。最初看似牆壁，然後看似蝙蝠怪獸，最後才發現是樹林。當我發現其實是以大規模且非常精妙的技術，將枝葉繁茂的白楊樹密林做成怪物形狀時，我真的不得不更驚愕與讚嘆。

「你知道這片森林是誰設計的吧？就是那位魔術師。最近他請來很多植樹工人，搬來很多大樹，轉眼間就種起來了。參與這項工程的工人們，沒人察覺到這片森林完成後會是什麼形狀。他們只是聽從魔術師的命令，一棵棵地把樹種下去。森林終於完成時，魔術師開懷大笑，並大喊：『森林啊，森林啊，你變成蝙蝠的模樣，威嚇人類吧！』然後掄起魔杖在大地敲了三下。這時在場的工人才發現，自己至今埋頭栽種的白楊樹林，突然變成像怪鳥的身影。從那之後，魔術師的名聲，就和這座森林傳聞一起，傳遍了大街小巷。有人說，其實森林並不是怪鳥形狀，只是看的人會有這種幻覺。但無論如何，想去魔術師小屋而經過這裡的人，一定會被這森林的景象嚇得魂不附體。究竟是這座森林被施了魔法，還是看的人被施了魔法，知道這個祕密的，只有魔術師本人。」

聽她說完這個故事，我更定睛凝視，仔細檢視這附近的景物。

魔法森林——這是市民取的名稱。但這座魔法森林不僅形狀像妖怪，因為這區域的半空中還掛著高高的天幕帳，加上魔法森林的環繞，恰好將公園整體的鮮豔色彩摒除在外，因此在創出充滿黑暗與詛咒的荒涼情境上，魔法森林扮演了極其重要的角色。森林圍起來的地方，大概有不忍池那麼大吧，而且大部分都被漆黑且腐臭混濁的潮濕沼澤所占據，隱隱散發著冰塊般的冷冽光芒。由於魔法森林讓我懷疑自己的視覺是否有問題，因此面對這個沼澤時，我也不敢驟下判斷，那過於安靜的水面是否真的盈滿了水？抑或鋪了玻璃？實際上，我相信鋪了玻璃的可能性較高，因為那個水看起來硬硬的不會流動，感覺是凝固的，如果拿顆石頭扔下去，可能會叩叩作響地反彈回來。在這片肅然宛如「死」的寂靜嚴肅沼澤上，浮著難以界定是島或船的像小丘的東西，最頂端的地方以淡淡藍光標記著「The Kingdom of Magic」，宛如暗夜中唯一閃亮的星辰。

我有必要稍微精確說明一下「像小丘的東西」。那酷似地獄繪畫裡的針山尖凸岩石，磊磊堆積著三角形如長茅般的尖銳岩石，沒有草木沒有房子，只有它默然地盤據在那裡。就只是這樣，但儘管有「魔術王國」這個看板，也不知道這個王國究竟在何處。

「在那裡。那就是小屋的入口。」

她如此說。我順著她指的方向看過去，才發現看板旁邊，在岩石與岩石的夾縫中，有一扇窄小鐵門。從我們站的沼澤邊，有一座看起來不太穩固的細長便橋，連接到那扇鐵門前。

「可是那扇門好像緊緊關著。看不到有觀眾出入，也完全聽不到人的聲音。那裡面真的有魔術表演嗎？」

我自言自語地說，她立即點頭。

「有的，現在可能已經開始表演了。那個魔術師和一般魔術師不同，聽說他表演魔術時不用音效助陣，也不要觀眾拍手。他的魔術就是如此深刻又敏捷。觀眾看的時候會提心吊膽，彷彿渾身都被潑水似的非常有臨場感，時而還會悄聲嘆氣。從這片寂靜來看，現在一定正在表演。」

她說這話時，不知是因為難以遏止的恐懼，還是異常的興奮所致，聲調一反平常顯得沙啞顫抖。

我們沒再多說什麼，就這樣默默步上通往小島的便橋。

進門之後才走了五六步，滿場炫目的光線就突然朝我已習慣陰慘黑暗世界的眼眸直射而來，痛到彷彿有人在挖我的雙眼。外觀是磊磊土塊的魔術王國，場內出乎意料的是金碧輝煌大劇場，無論是梁柱或天花板都毫無空隙裝飾得美麗莊嚴，在亮晃晃的電燈照耀下，令人眼睛為之一亮。場內所有的座位，無論一樓正面的座位或二三樓，全部擠得水洩不通，真的是動彈不得的大客滿。觀眾裡有中國人、印度人、歐洲人，網羅了穿各式服裝的人種。但不知為何，看似日本人的觀眾，除了我以外看不到半個。此外特等座的包廂裡，坐著這個城市的上流社會，他們是平常不會來公園的華麗紳士與貴婦人。那些貴婦人裡，有人可能顧及顏面，像回教女人般蒙著臉，顯得畏畏縮縮，但那雙專注於舞台的眼眸卻出賣了她的祕密與品格，呈現出鮮明的情慾之色。紳士裡則有這個國家的大政治家、大實業家，也有藝術家、宗教家和富家紈褲子弟，混雜了各方面的知名男士。我覺得他們之中有很多人，我都曾幾度在照片上看過。他們有的像拿破崙，有的像俾斯麥，有的像但丁，有的具備了拜倫的輪廓。我想那裡也有尼祿和蘇格拉底吧。說不定歌德和唐璜也在裡面。他們為何會來到這種魔術王國，我馬上就能說明原因。因為無論聖人或暴君，詩人或學生，大家都擁有一顆會被「不可思議」吸引的心。他們可能會說，是為了研究，或為了體驗，或為了傳教而來。搞不好他們自己也如此相信。可是讓我來說的話，我認為他們靈魂深處也潛藏著這種特質，即使程度不同，也能感受到和我同樣感受到的美，也能夢想到和我同樣在夢想的夢。他們只是不像我清楚地意識這種特質，或者不像我如此地肯定。——我不由得思索著這件沒什麼大不了的事。

一樓正面的座位區交錯著中國人的辮子、黑人的頭巾與婦人的無邊軟帽，我和她彷如撥開波動起伏的紅蓮白蓮，好不容易在這區找到兩個座位。舞台與我們之間，至少有五六排椅子，大部分都坐著身穿瀟灑初夏洋裝、精心打扮的歐洲年輕女子，各個伸長姣好的潔白頸項，宛如天鵝群聚。我的視線越過這層層女子的肩部，投注在前方的舞台上。

舞台背景垂掛著一面黑幕，中央高起的階梯上，擺設了一張富麗堂皇的寶座。這就是所謂「魔術王國」的王座吧。年輕魔術師，頭戴真蛇王冠，身穿羅馬時代的袍衣，腳趿黃金涼鞋，端坐在王座上。王座階梯下方的兩側，各有三名男女助手，像奴隸般畏縮拘謹，腳底暴露在觀眾眼前，極其卑微地向魔術師跪趴磕頭。舞台上的裝置與人物，就只有這樣，顯得過於簡單。

我翻找上衣口袋，取出進門時拿到的節目表，打開一看，上面記載著莫約二、三十種表演，每一種都像前所未有、驚天動地的魔術。最煽動我好奇心的，若要舉兩三個來說，第一個是催眠術。旁邊有小字說明，說是會讓全場觀眾起催眠作用，因此場內所有的人，都會照魔術師給的暗示產生錯覺。譬如，魔術師說：「現在是清晨五點。」大家都會感受到清爽的晨光，留意到自己的懷錶不知何時也指向了五點。又譬如魔術師說：「這是原野。」大家都會看到原野。如果說「這是海」，大家就會看到海。若說「下雨了」，大家的身體就會開始被淋濕。第二恐怖的是「縮短時間」這種妖術。魔術師取出一種植物的種子，將它種在土裡，然後徐徐地唸咒，十分鐘就會冒出芽、長出莖、開花，結果。而且植物的種子，也可以讓觀眾自行帶來，看是要長成聳立雲霄的高挺樹幹，或長出蓊鬱遮天的繁茂樹葉，都一定在十分鐘完成。與此類似，但有些令人毛骨悚然的是，名為「不可思議的懷孕」的魔術，據說這也同樣以咒語之力，十分鐘就能讓一個婦女懷孕分娩。被施予這種魔法的女人，通常是「王國」的女奴隸，但若觀眾裡有女性願意嘗試，說明書上也寫著「非常歡迎」。各位看了以上幾個例子，想必也能明白，這位魔術師與一般魔術師有多麼不同吧。

然而非常遺憾的，我入場時，大部分的魔術已表演完畢，只剩最後一個。我們就坐不久後，原本坐在王座上的魔術師，便起身走到舞台前面來，一臉靦腆得像小孩，十分可愛，語帶害羞地低聲說明，接下來要施展的魔法。

「……呃，接下來我要向各位介紹，今晚的壓軸魔術，也是我最近最感興趣，最神祕複雜的魔術。這個魔術，我姑且將它命名為『人身變形法』，也就是以我的咒語之力，將任何人的身體，立即變成其他物體，可以變成蟲、變成鳥、變成野獸，也可以變成無生物，例如水或酒那樣的液體，只要各位想變形成什麼，我都可以變。又或者，不是全身都變，只是一部分，例如頭或腳，肩膀或是臀部，我都能為你變形……」

比起魔術師娓娓道來的流暢說明，我更被他妖豔的眉宇與婀娜的風姿迷住了，一直睜大眼睛心醉神迷地看著他。雖然之前就耳聞他美貌超凡，但此刻親眼目睹，我覺得他的五官與輪廓之美，完全超乎我的想像，令人驚豔。其中我最感意外的是，我竟完全無法分辨，這位只知非常年輕的魔術師，究竟是男是女。看在女人眼裡，他可能是絕世美男子。但看在男人眼裡，說不定是曠世美女。我覺得他的骨骼、肌肉、動作、聲音等所有部分，都渾然融合了男性的高雅智慧活潑，與女性的柔媚纖細陰險。例如他濃密的栗色頭髮，豐潤的瓜子臉雙頰，鮮紅的櫻桃小嘴，優雅卻精悍的手腳線條，所有細微之處都呈現出微妙的調和，恰似十五、六歲，性特徵尚未發育完全的少女或少年的體質。此外，他的外表還有一點不可思議之處，就是完全看不出他是哪裡出生的什麼人種。這個疑問，看了他膚色的人應該都會起疑。這名男子，但也可能是女子，絕非純粹的白種人，也非蒙古人，更不是黑人。若硬要比較，他的容貌與骨骼，或許比較接近世人口中的美人產地高加索人。但若更貼切地形容，可說他的身體集合了所有人種的優點與美點，是最複雜的混血兒，也是最完美的人類表徵。對於任何人而言，他都有異國風情的魅力，無論面對男人或女人，他都有資格隨心所欲展現性誘惑，使得對方春心蕩漾。

「……但是，有件事我想先和各位商量……」

魔術師繼續說：

「首先，我會試驗性的，用在場這六名奴隸，將他們一一變形給大家看。可是，為了見證我的妖術有多麼神奇，多麼奇蹟，我希望滿場的紳士淑女能自告奮勇，讓我在你身上施展這個魔術。我在這座公園表演魔術，到今晚已經有兩個多月，這段期間，每天晚上都有很多觀眾，為了我自願上台，甘願成為魔術的犧牲者。對，這是一種犧牲，確實是犧牲。因為擁有尊貴人類型態的人，在我法力的玩弄下，變成了狗，變成了豬，甚至變成石頭或糞土，如果沒有勇氣在眾目睽睽下如此丟臉，應該不敢走上這個舞台。可是我每天晚上，都能在觀眾席發現好幾位奇特的犧牲者，聽說其中也有不乏身分高貴的貴公子或貴婦人偷偷加入犧牲者行列。因此，今晚我也照例相信，應該有很多人會志願上台，並以此為榮。」

魔術師說這話時，蒼白的臉上浮現出得意洋洋卻又悽慘的微笑。而且很多觀眾越是聽他無畏的舌燦蓮花，目睹他傲慢的態度，竟然也越來越被他吸引，彷彿已經被他征服了。

不久，魔術師從跪在王座前，如雕刻群像趴跪在地的奴隸中，招來一名楚楚動人的美女。她宛如夢遊症般搖搖晃晃走到魔術師前面，然後再度畏縮拘謹，恍如被鬆弛線繩操控的人偶，在魔術師面前垂下頭去。

「妳是我的奴隸中，我最喜歡，也是最可愛的女人。如果妳能再忍耐個五、六年，我一定能讓妳變成了不起的魔術師。人類當然比不上，就連神明和惡魔都比不上的，世界最厲害的魔法師。妳來當我的家臣，想必感到很幸福吧。妳應該也領悟到，比起當人間界的女王，當魔法王國的奴隸更幸福百倍吧。」

魔術師踩住她垂在地上的長髮，昂首挺胸站得直挺挺的，嚴肅地繼續對她說：

「好，接下來我要如常地施展變形術，今夜妳想變成什麼呢？妳也知道，我是非常仁慈的國王，無論妳想變成什麼，我都會讓妳如願，儘管說吧。」

魔術師說得彷彿在賜予歡愉的恩寵。

此時，原本全身僵硬得像石膏的女子，忽然感到電流般開始顫動，嘴唇也像融冰般的河水動了起來。

「啊，國王，感謝您的恩寵。今夜我想變成美麗的孔雀，繞著圈子飛旋在您的王座上。」

這名女子說著，擺出像婆羅門行者祈禱的姿勢，高舉雙手在空中合掌。

魔術師滿臉喜悅地點頭，隨即在口中唸起咒語。剛才說要十分鐘，然而這名女子全身覆滿孔雀羽毛，大概花不到五分鐘吧。剩下的五分鐘裡，她肩膀以上屬於人類的部分也逐漸變成孔雀的頭。然而後半段的五分鐘之初，還擁有年輕女子臉蛋的孔雀，一臉喜孜孜笑盈盈的，然後陶醉地閉上眼睛皺起眉頭，逐步變成難受鳥頭的推移過程，這一段才是讓人感到最富詩意情景的部分。十分鐘結束後，化為一隻孔雀的她，發出颯爽的振翅聲飄然飛起，在觀眾席上方翺翔了兩三圈，飛回王座旁時，美得恍如一朵彩雲落地，靜靜地降落階梯途中，忽然像打開彩扇般孔雀開屏。

其餘五名奴隸，也依序被叫來魔王前面，一個接著一個被施予妖術。三名男奴隸，第一個說想變成豹皮，鋪在國王的王座上，其餘兩人說想變成純銀的燭台，照亮階梯兩側。最後兩名女奴隸，說想化為兩隻優雅的蝴蝶，輕盈地跟隨在國王身邊。魔術師也立即答應，讓這五人願望成真。

目睹這各種破天荒絕技的滿場觀眾，極力穩住心中的震撼，懷疑自己的視覺是否出了問題，顯得茫然若失。尤其第一個男奴隸，被魔術師的魔杖一打變得像煎餅那麼薄，最後變成美麗豹皮的瞬間，我聽到痛苦呻吟聲，發現是坐在我前面的女人，摀著驚悚害怕的臉被男人摟在懷裡。

「怎樣啊，各位，有人願意當犧牲者嗎？」

魔術師擺出比先前更自鳴得意的態度，追著在身邊飛舞的兩隻蝴蝶，在舞台上跑來跑去，然後又繼續說：

「……各位覺得，成為魔術王國的俘虜，是那麼令人作嘔的事嗎？人的威嚴與型態，是那麼值得執著的東西嗎？你們或許認為，為了我而變形的奴隸們的境遇，實在很可憐也很悲慘。可是不管他們的外貌是蝴蝶還是孔雀，甚至豹皮或燭台，他們都沒有失去人的情緒與感覺。而且他們心中，溢滿了你們作夢也不會知道的無限愉悅與歡喜。他們心中感到何等的幸福，只要試過一次我的魔術，你們大概就會明白……」

魔術師說完環視場內每個角落，人們害怕被他的眼眸盯住會中了催眠術，因此大家一度都縮起肩膀趴在腿上。但不久，一個坐在一樓正面座位區角落的女人走向舞台，窸窸窣窣的衣服摩擦聲與鞋子的腳步聲，劃破了深深的沉默。

「……魔術師啊，你一定記得我吧。比起你的魔術，我更著迷於你的美貌，所以昨天和今天都來看你。如果你願意讓我加入犧牲者裡，我就認定我的戀情成真了。請把我變成你腳上穿的黃金涼鞋。」

聽到這番話，我也怯生生地抬起頭，看到一位先前坐在特等座的蒙面婦人，宛如殉教徒趴跪在魔術師前面。

接在這位蒙面婦人之後，也有數十名男女被魔術師的魅力誘惑，搖搖晃晃地走上舞台。剛好到第二十個犧牲者時，不顧一切起身的正是我。

這時，我的戀人緊緊抓住我的袖子，淚眼婆娑地說：

「啊，你終究敗給魔術師了。我愛你的心，都沒被那個魔術師的美貌迷惑，你卻被他誘惑而忘了我。你拋下我，要去侍奉那個魔術師。沒想到你是這麼沒志氣、無情的人。」

「妳說得沒錯，我是個沒志氣的人。我耽溺於那個魔術師的美貌，而忘了妳。照妳的說法，是我輸了沒錯。但是比起輸贏，我還有更重要的問題。」

和戀人對話時，我的靈魂也像被磁鐵吸引鐵片般，被魔術師吸引而去。於是我衝上舞台，夢囈般的脫口而出：

「魔術師啊，我想變成半人半羊的牧羊神。我想變成牧羊神，在魔術師的王座前奔跑跳躍。請實現我的願望，把我當你的奴隸用吧。」

「沒問題，沒問題，你的願望非常適合你。你打從一開始就沒必要生而為人。」

魔術師哈哈大笑，用魔杖往我背上一打，轉眼間我的雙腳長出了凌亂羊毛，頭上也出現了兩隻角。同時積鬱在我心中，來自人類良心的苦悶也悉數消失了，取而代之是如太陽的晴朗、如大海的遼闊愉悅之情，在我心中翻湧而上。

頃刻間，我欣喜若狂，非常開心在舞台上奔跑跳躍。可是不久，我以前的戀人就來阻撓我的喜悅了。

她追著我倉皇上台，對魔術師這麼說：

「我來這裡，並非被你的美貌或魔法迷惑。我是來奪回我的戀人。請你立刻把那個噁心的半人半羊牧羊神，變回人類。如果你不肯把他還給我，就把我變成跟他一樣。就算他拋棄我，我也永遠不會拋棄他。既然他變成牧羊神，那我要變成牧羊神。無論他去哪裡，天涯海角我都會跟隨他。」

「好吧，那我就把妳也變成牧羊神。」

隨著魔術師這句話，她立即化為醜陋到令人想詛咒的半人半獸模樣，然後突然猛烈地朝我跑來，我正納悶她要做什麼時，她竟冷不防地用她的角緊緊勾纏住我的角，不管怎麼跑怎麼跳，兩個頭都分不開了。

少年

如今想想，那約莫是二十年前的事了。那時我終於長到十歲，從蠣殼町二丁目的家去水天宮後面的有馬小學上學的時期，也是人形町的天空霧靄朦朧，陽光暖暖地照在路旁商家的深藍暖簾上，我那漫無邊際如夢似幻的幼小心靈已隱約能感受春天朝氣蓬勃的時期。

一個春光明媚的晴朗日子，令人昏昏欲睡的下午課程終於結束後，我以沾滿墨水的雙手抱著算盤，正要走出校門時。

「萩原榮！」

有人喚我的名字，從後面趴噠趴噠追上來。他是我的同班同學塙信一，富家小少爺，入學至今四年級，女傭總是隨伺在側，片刻不離身。同學都批評他沒出息，說他是膽小鬼愛哭鬼，沒人要跟他玩。

「有什麼事嗎？」

信一難得跟我說話，我覺得不可思議，頻頻打量他和貼身女傭。

「今天來我家一起玩吧。我家庭院有舉行稻荷祭喔。」

信一說這話的語氣，宛如出自緋紅條帶綁住的嘴巴，顯得溫柔又膽戰心驚，眼神像在求助。他總是孤單一人，畏縮氣餒，為何會說出這種令人意外的話？我有些驚慌失措，茫然站著端詳他的臉。縱使平常總是被罵膽小鬼愛哭鬼，受到眾人欺凌，此刻近距離細看他的雙眼，我覺得他真不愧為好人家的子弟，有種高雅美麗的氣質。他身穿絲綢筒袖和服，繫著博多獻上腰帶[1]，套上黃八丈[2]外褂，腳上穿著平紋細白棉布的白布襪與竹皮草履鞋。這身打扮與他白皙的瓜子臉十分相佩，使我不禁更加為他極富品味的氣質打動，心儀不已。

「萩原家的少爺，跟我們家少爺一起玩吧。今天我們家有祭典活動，夫人交代少爺盡可能邀請一位乖巧可愛的同學來家裡玩，所以少爺邀請了您。您就來我們家玩吧。還是說您不想來？」

貼身女傭如此一說，我也暗自得意起來，卻故意一本正經地回答：

「那我得先回家一下，跟家人說一聲再去你們家玩。」

---

1 博多的獻上腰帶相當精美高級，被指定為幕府的獻上品而取名「獻上」。
2 黃八丈，東京八丈島生產的特色絲綢衣料，以鮮黃為底，紅黑格紋或條紋為基本款。

「哎呀，這樣啊。那我們陪您一起回家，由我親自拜託您母親同意，然後再一起去我們家。」

「啊，不用啦。我知道你們家在哪裡，等一下我自己去就行了。」

「這樣啊，那您一定要來喔，我們等您。回去的時候，我會送您回家，請您跟家人說不用擔心。」

「好，那我先回家一下。」

說完，我依依不捨向信一道別。但信一那張氣質高雅的臉笑也不笑，只是落落大方地點點頭。

想到從今天起，我就能和這位氣質高雅的少年當朋友，真是滿心歡喜。我急忙回家，一路小心翼翼不讓平常玩在一起的假髮店的幸吉和船夫家的鐵公發現，回到家便立刻脫掉深藍條紋校服，換上黃八丈的便服，在格子門前穿上竹皮草履鞋，扔下一句：

「媽，我去同學家玩喔。」

便直奔塙家。

我從有馬小學前面筆直越過中之橋，來到濱町的岡田院牆，再沿著靠近中洲的河岸路走出去，就會看到一塊頗為蕭條的閑靜街區。現在已經沒了，但當時新大橋的橋頭前方右側有知名的糰子店和煎餅店，店家對面的一角，繞著長長的圍牆，有扇威嚴的鐵格子門，便是塙家。站在門前可見邸內樹木繁茂，從綠葉間隱約可見破風型[3]日本館的瓦片閃著銀灰色光芒，後面西洋館已褪色的緋紅磚瓦也隱隱可見，怎麼看都是有錢人家高尚雅致大宅邸。

這天院內確實在舉行什麼祭典，喧鬧的太鼓聲連牆外都可聽到。靠巷子的柵門欄開著，住在這附近許多貧窮人家的孩子紛紛從這裡進入院內。我原本想去正門的守衛室，請他們通知信一，但又有些害怕，便和那些孩子一起從柵欄門走進院子。

真是何等壯觀的大宅邸！我驚豔地站在葫蘆形水池邊的草地上，環視這遼闊的庭院。宛如江戶初期浮世繪畫家楊洲周延畫的三聯畫《千代田之大奥》，無論流水、假山、雪見燈籠、瀨戶燒的仙鶴與洗石等等，都配置得十分得當。從一塊巨大

3 破風型，日式建築兩側山形牆的人字型屋頂。

伽藍石到小小的踏腳石，一塊連著一塊鋪得長長的，綿延不斷連向遠處一座如宮殿般的宴會廳。我猜信一可能在那裡吧，總覺得今天見不到他了。

孩子們在和煦溫暖的陽光下，踩在毛毯般的草地上玩耍。仔細一看，從庭院一角裝飾得美輪美奐的稻荷祠到院後的柵欄門，每隔約兩公尺就設置一座俏皮的方形紙罩燈座。此外處處擺設攤位，備有甜酒、關東煮、紅豆年糕湯等招待客人。還有餘興節目的神樂[4]演出和兒童相撲比賽，周圍也都聚集了黑壓壓人群。我帶著滿心期待特地來這裡，看到這幕景象有些失望，便漫無目的地信步亂逛。

「這位小哥，來喝杯甜酒吧，不用錢喔。」

我走到甜酒攤，一個綁著紅色束袖帶的女傭笑著招呼我，但我板著一張臉走過去。不久來到關東煮攤位前，又有個禿頭老爹對我說：

「這位小哥，來碗關東煮吧，沒錢也可以吃喔。」

「不用！不用！」

我不留情面地說，死心要走回柵欄門時，不知從哪裡冒出一個穿深藍色法被[5]，渾身酒味的男人對我說：

「小哥，你還沒拿點心吧。如果你要走了，記得去領點心喔。來，你拿著這個去找那邊宴會廳的阿姨，她會給你點心。趕快去拿。」

他說完遞給我一張染成鮮紅色的點心券。我頓時悲從中來，但想到去那裡說不定見得到信一，就照他說的拿著點心券，回頭往庭院走去。

所幸，不久信一的貼身女傭就發現我了。

「榮少爺，您來了啊。我們一直在等您呢！來來來跟我來，不要跟這些鄙俗的孩子玩。」

女傭親切地牽起我的手，我不禁熱淚盈眶，一時說不出話來。

她帶我沿著地板有小孩那麼高的走廊走，繞到凸出庭院的寬廣宴會廳後面，看到一座約十坪大的中庭，再走到有胡枝子矮籬圍繞的小客廳前。

「少爺，您的同學來了喔。」

4 神樂，日本神社祭神的舞樂。

5 法被，日本傳統衣服，像外套似的上衣，無須繫腰帶。祭典活動時，工作人員經常做這種裝扮。

女傭站在青桐樹下一喊，紙拉門後面便傳出趴噠趴噠的碎步聲。

「別進來這裡！」

信一高聲怒斥，一邊從簷廊跑來。我不可思議地暗忖，這個懦弱膽小的孩子，究竟從哪裡擠出如此元氣充沛又響亮的聲音。他那絢爛奪目的盛裝打扮，更讓我懷疑是否認錯人了，霎時仰頭看得目眩神迷。他穿著整套雙重黑羽平織繡著家徽的外褂與裙褲站在簷廊上，在亮麗陽光照耀下，黑色綢緞外褂恍如灑了銀粉閃閃發光。

信一拉著我的手來到八疊榻榻米大的精巧別緻小客廳，房裡飄著宛如糕餅盒底部的甜香，兩個又厚又軟的大坐墊彷彿在等客人到來。接著隨即有人端來茶和糕點，以及用暗紅漆器高台盤盛裝的紅豆糯米飯與前菜點心。

「少爺，夫人請您和朋友一起享用這些美食。……還有，今天您穿的是上好的正規禮服，請千萬不要胡鬧弄髒了，要乖乖地玩喔。」

女傭見我過於客氣，勸我吃了紅豆糯米飯和金團[6]才退下。

這是一間靜謐、日照良好的房間。陽光照得紙拉門彷彿燃燒般，拉門紙上映著簷廊前的紅梅姿影，遠處庭院那邊傳來神樂演奏的太鼓聲，夾雜著孩子們喧鬧的歡笑聲。我彷彿來到不可思議的遙遠國度。

「小信，你總是待在這個房間裡嗎？」

「沒有，其實這是我姊姊的房間。那裡有很多姊姊的有趣玩具，我拿給你看。」

信一說完，從小壁櫥取出奈良的猩猩人偶、做工精細的貼花老爺爺和老奶奶、西京的木偶娃娃、伏見人偶、伊豆藏人偶等，整齊地排放在我們四周，還將很多只有頭部的男女首人偶，插滿了兩疊榻榻米的隙縫。我們趴在棉被上，仔細端詳這些長著鬍鬚或瞪著眼睛的精巧人偶表情，想像這些小矮人住的世界。

「這裡還有很多圖畫故事書喔。」

信一又從壁櫥裡塞得滿滿的半四郎或菊之承包裝紙中抽出圖畫故事書，給我看了很多繪本。這些木板印刷的書不曉得放了幾十年，但封面的美濃紙色彩艷麗，光澤依舊，還散發出新鮮紙香。打翻開封面一看，霉臭味嚴重的內頁紙面上，細細畫

6 金團，番薯泥加栗子的甜點。

著江戶時代俊男美女的面貌、手腳，甚至指尖都畫得栩栩如生。畫面中正巧有座酷似這棟宮殿宅邸的房子，公主和許多侍女在後院追逐螢火蟲，然而在冷清的橋邊，一個戴著深草笠的武士砍落傭人的腦袋，從屍體懷裡取出信件，就著月光展讀。接下來是，一個黑色裝束的蒙面歹徒潛入女官住處，持刀從棉被上直刺梳著蘑菇髮髻的熟睡女子咽喉。還有在某個地方，方形紙罩燈座閃爍的朦朧燈光下，一個濃妝豔抹穿著睡衣的女人咬著滴血剃刀，斜眼睥睨看著撲空倒在腳邊的男人死狀，啐了一句「活該」。信一和我最感興趣的是詭異的殺人情景，譬如眼球凸出的死人臉，或是被腰斬但腰部以下依然站著的人，還有深黑血痕如雲朵般構成的斑斑血跡畫面。正當我們聚精會神看著這些詭異畫面，一個穿著友禪寬袖和服，年約十三、四歲的女孩拉開隔間門衝了進來。

「小信！不要胡鬧！你又在亂動人家的東西了！」

女孩雙眉緊鎖，眼神與嘴型威風凜凜，帶著孩子氣的憤怒站在那裡，狠狠瞪著弟弟和我。我以為信一會臉色蒼白縮起身子，他卻如此回嗆他姊姊：

「妳在說什麼啦，我才沒有胡鬧，我是拿書給我朋友看。」

信一完全不理會姊姊，連看也不看她一眼，繼續翻閱繪本。

「你這就是在胡鬧！這樣不行啦！」

姊姊快步上前，要搶走信一正在看的書，但信一就是不肯放手。各自拉著封面和內頁，眼看書都快被拆成兩半了。姊弟倆如此僵持互瞪了片刻後，信一氣呼呼地說：

「姊姊妳這個小氣鬼！我以後不再跟妳借書了！」

說著便忿忿地把書扔掉，順手抓起奈良人偶往姊姊的臉丟過去。可是沒丟中，只砸在壁龕的牆上。

「看吧，你這不就在胡鬧嗎？你又想打我了是嗎？好啊，要打就盡量打！上次被你打到這裡瘀青還沒消呢！我會把這個瘀青給爸爸看，你給我記住！」

姊姊說得激動氣憤含淚，掀起縐綢的裙襬，露出白皙右小腿的瘀青。瘀青的位置正好在膝蓋到小腿肚間，看得見青色血管的細薄柔軟肌膚上，紫色斑點暈開似地滲進了皮膚，看起來真的很痛。

「妳要告狀就去告啊！小氣鬼！」

信一用腳把人偶踢得亂七八糟，然後對我說：

「我們去庭院玩吧。」

說完就拉著我跑出去。

「你姊姊在哭吧？」

到了戶外，我憐憫地悲傷起來，如此問信一。

「哭就哭啊又怎樣。我每天都吵架惹她哭。你別看我姊姊那樣，其實她是小妾生的孩子。」

信一語氣狂妄，往西洋館與日本館之間的高大櫸樹與朴樹的樹蔭走去。這裡繁茂的老樹枝葉密密地遮蔽陽光，潮濕地面長了整片青苔，陰冷寒涼的空氣流入兩人衣領。這可能是古沼澤遺跡吧，有不像沼澤也不像水池的混濁水塘，上面浮著銅鏽般的水草。我們在水塘邊坐下，聞著潮濕泥土味，茫然地伸長雙腳，忽然聽到不知何處傳來悠揚的樂聲。

「那是什麼聲音啊？」

我如此問著，側耳傾聽。

「那是我姊姊在彈鋼琴。」

「鋼琴是什麼？」

「姊姊說是像風琴的東西。有個外國女人每天都會來西洋館教姊姊彈鋼琴。」

信一說著指向西洋館的二樓。從肉色布窗簾的窗戶不斷傳出奇妙琴聲，時而像森林深處妖魔狂笑的回音，時而又像童話故事的眾多侏儒一起跳舞，數千條細微想像的彩線，在我幼小心靈編織出微妙夢幻的神奇聲響，使我懷疑是否在這古老沼澤水底彈奏的。

琴聲停止後，我依然處於尚未褪去的狂喜中，對琴聲嚮往不已。我凝望二樓的窗戶，期盼外國人和姊姊探出窗來。

「小信，你會不會去那裡玩？」

「我媽不准我去那裡，不可以隨便去。有一次我偷偷跑去，可是門鎖著打不開。」

信一和我一樣，以好奇的眼神仰望二樓。

「少爺，我們三人來玩點什麼吧？」

忽然，有人說著這句話從後面跑來。那是和我同校有馬小學的學生，比我大一兩歲，我不知道他的名字，但他是出名的小霸王，每天都欺負比他年幼的學生，所以我認得他的長相。他怎麼會來這種地方呢？我滿心詫異默默地觀察他，只見信一親密叫他「仙吉」，他則叫信一「少爺」討信一歡心。後來一問之下才知道，原來他是塙家馬夫的兒子，但當時我看信一那副模樣，簡直像馬戲團的美女馴獸師。

「那我們三人來玩警察抓小偷的遊戲吧。我和小榮當警察，你當小偷。」

「要我當小偷是可以啦，不過別像上次那樣粗暴地整人喔。少爺用繩子把人家綁起來，還把鼻屎抹在人家臉上。」

我聽著他們的對話，越來越驚訝。可愛得像女孩的信一，竟把粗暴如熊的仙吉綁起來折磨他，這幅情景我實在無法想像。

於是我和信一扮警察，穿梭在沼澤周圍和樹林裡追趕小偷仙吉。雖然我們是兩個人，但仙吉比較年長，我們遲遲抓不到他，後來好不容易才把他逼進西洋館後面圍牆角落的小倉庫。

我們倆悄悄彼此示意，屏氣凝神，躡手躡腳進入小倉庫，卻看不出仙吉躲在哪裡。昏暗的小倉庫裡，瀰漫著令人反胃的米糠醬與醬油桶的腐敗臭味，還有潮蟲徐徐爬在滿是蜘蛛網的屋頂和桶子旁邊，這幅景象彷彿在教唆年少者做詭異有趣的惡作劇。這時，不知從哪裡傳來竊竊的嗤笑聲。忽然吊在梁上的竹籠嘎吱作響，我抬頭一看，仙吉從那裡「哇」的一聲探出頭來。

「喂，下來！不下來的話，我會讓你好看喔！」

信一在下面怒斥，和我一起打算用掃帚戳仙吉的臉。

「來啊來啊，誰敢來我就在他頭上尿尿！」

仙吉在竹籠上作勢要撒尿，信一便繞到竹籠正下方，隨手操起旁邊的竹竿插進竹籠縫，猛戳仙吉的屁股啦腳底啦，戳得到的地方都亂戳一通。

「這樣你還不下來嗎？」

「好痛！好痛！好，我下去就是，饒了我吧。」

仙吉一邊叫痛一邊求饒，忍著渾身疼痛下來後，信一便揪起他的衣領，開始胡亂詢問：

「說！你在哪裡偷了什麼？從實招來！」

仙吉也跟著胡亂囂張地招供，說他在白木屋偷了綢緞，又在銀貝偷了柴魚，也去日本銀行騙了鈔票。

「哦，這樣啊，真是大膽無恥的歹徒。還有做其他什麼壞事吧？有沒有殺人呀？」

「有。我在熊谷河堤殺了按摩師，偷走裝了五十兩的錢包，然後拿這筆錢去吉原找女人。」

看來是從低級戲院或路邊的西洋幻燈片[7]聽來的，臨機應變答得非常巧妙。

「除此之外還有殺別人吧？好好好，你不說是嗎？不說我就嚴刑拷問！」

「我真的只有殺這個人，您就饒了我吧。」

仙吉雙手合十叩拜般地求饒，但信一不予理會，旋即解開仙吉腰際髒兮兮的淺黃棉紗腰帶，不僅將他雙手反綁在後，還靈巧地用剩下的部分綁住雙腳的腳踝。然後拉一拉仙吉的頭髮，捏捏他的臉頰，翻起他上眼皮的紅肉露出白眼球，還把他的耳朵和嘴唇扯來扯去。信一的手指宛如戲劇裡的童角或雛妓般纖細蒼白，靈巧狡猾地動著。而仙吉膚質粗黑肥醜的臉部肌肉，則如橡皮筋有趣地伸縮。信一玩膩後，他說：

「等等，等等。你是罪人，所以我要在你額頭寫字。」

說完便從煤炭袋取出佐倉炭，往煤炭吐吐口水，就在仙吉額頭畫了起來。仙吉整張臉被畫得亂七八糟，痛苦難捱地哭了起來，後來乾脆死心任由信一亂畫。這個平日在學校作威作福的小霸王，因為信一變成這副難堪的醜態，整張臉簡直像妖怪一樣。看到這一幕，我心中萌生一種從未有過的奇妙快感，但也怕明天去學校會遭仙吉報復，所以不敢隨著信一起舞。

過了片刻，信一將仙吉鬆綁後，仙吉斜眼忿忿地瞪著信一，然後突然身體癱軟趴了下去，動也不動。我們抓著他的手把他拉起來，但他隨即又癱軟倒地。於是我們擔心了起來，默默地站著觀察他的情況。

「喂，你怎麼啦？」

7 西洋幻燈片，江戶時代荷蘭人帶來的雜技表演，約一．八公尺寬的木箱上挖洞嵌入鏡頭，從鏡頭窺視箱內圖畫的情節。內容不盡然都是以吸引小孩為主，但在當時非常受到小朋友喜愛。

信一沒好氣地抓起他的衣領，硬是讓他抬頭起來。仙吉哭喪著臉，用袖子擦掉臉上一半髒汙，那模樣實在太好笑了。

「哈哈哈哈哈！」

我們三人面面相覷，哈哈大笑。

「接下來要玩什麼呢？」

「可是少爺，你不要再整人了啦。你看，留下這麼恐怖的印痕。」

仔細一看，仙吉手腕留下一道綑綁的紅色痕跡。

「那這次我當大野狼，你們兩個當旅人。最後你們都被大野狼吃掉。怎麼樣？」

信一又說出這種恐怖的話，我有點毛骨悚然。但仙吉卻回道：

「好啊。」

所以我也不能不答應。因此我和仙吉當起了旅人，將這間小倉庫當作佛堂，我們在這裡露宿，半夜信一扮演的大野狼來襲，在門外不斷咆哮，後來終於破門而入，爬進佛堂裡，發出像牛又像狗的罕見狼嚎，追逐到處逃竄的兩個旅人。信一演得很認真，被他抓到不曉得會有什麼下場，我真心害怕起來，臉上擠出忐忑的假笑，在草蓆上和稻草袋後面拚命逃竄。

「喂，仙吉，你的腳已經被我吃掉了，所以不能走路喔。」

大野狼這麼說，把一個旅人追到佛堂角落，撲了上去，在他身上亂咬。仙吉像演員般做出痛苦表情，一會兒瞪眼，一會兒歪嘴，唯妙唯肖地做出各種動作，最後咽喉被咬住時，還「啊！」的發出臨終慘叫聲，手指和腳趾不停抖動，雙手抓空應聲倒地。

接下來輪到我了。意識到這點我慌了起來，急忙跳上木桶，卻被大野狼咬住衣服下襬，一股很恐怖的力量一直把我往下拉。我嚇得臉色蒼白，死命地抓住木桶，但氣勢洶洶的瘋狂大野狼還是讓我心生畏懼，當我閉上眼睛暗忖：「啊！這下真的沒救了！」旋即被拉了下去，跌落仰躺在地板上。但信一沒就此放過我，疾風般壓在我的脖子上，咬住我的咽喉。

「好，你們兩個都變成屍體了，所以不管怎麼樣都不能動喔。接下來我要舔你們舔到骨髓裡。」

信一這麼說，我們只好窩囊地在地上躺成「大」字形，不敢亂動。突然，我身體各處都癢了起來，冷風涼颼颼地從衣服下襬敞開處直灌胯下，此外也感覺到伸在一旁的右手中指稍稍碰到仙吉的頭髮。

「這傢伙胖嘟嘟的，看起來比較好吃，從這傢伙吃起吧。」

信一喜孜孜爬上仙吉的身體。

「不可以做太過分的事喔。」

仙吉稍稍睜開眼睛，請求般地低聲囁嚅。

「我不會做得太過分。可是如果你亂動就很難說了。」

信一誇張地彈舌，擺出要狼吞虎嚥的架式，從頭吃到臉，又從胸部吃到腹部，再從雙手吃到大腿小腿，亂吃一通。不僅如此，他還穿著沾土的草履踩上仙吉的身體，甚至連眼睛鼻子都亂踩一通，踩得仙吉渾身都是泥土。

「好，接下來要吃屁股肉了。」

信一將仙吉的身體翻過來趴在地上。看到這一幕，我以為他要直接趴在仙吉的背部吃屁股，不料他脫掉仙吉的褲子，於是仙吉下半身全裸露出兩顆像蕗蕎的白皙屁股，然後又翻起和服下襬蓋到屍體的頭上。接著信一騎上他的背，又開始舔了起來。不管怎麼被舔，仙吉都一直忍耐。那冷得起雞皮疙瘩的屁股肉，猶如蒟蒻在顫抖。

等一下我也會被整成這副狼狽樣吧。想到這裡，我心臟狂跳。我居然也會遭到跟仙吉同樣的殘忍對待？不久，信一果然也騎上我胸膛，首先從鼻頭開始吃。我的耳朵聽到甲斐絹做的外褂內裡窸窸窣窣的摩擦聲；我的鼻子聞到和服散發的樟腦丸香氣；我的臉頰被細緻的紡綢輕柔地撫摸；胸部與腹部感受到信一身體溫熱的重量。他那濕潤的嘴唇和滑溜的舌尖，如搔癢般在我身上舔來舔去的巧妙感覺，不僅消除了我的恐懼，反而魅惑般征服了我的心，使我感到非常舒服。不久，我的臉從左邊鬢角到右邊臉頰遭到激烈踩踏蹂躪，下方的鼻子嘴巴也和鞋底的泥土摩擦，但這也讓我感到十分舒服，不知不覺我的身體與心靈都成了信一的傀儡而樂在其中。

後來，我的身體也被翻面向下，被脫掉褲子，腰部以下都被舔食了。信一看著兩具裸著屁股的屍體並排躺在地上，可能覺得很好笑地哈哈大笑。這時，先前的女傭忽然出現在門口，我和仙吉大吃一驚連忙起身。

「哎呀，少爺您在這裡啊。我不是叫您不要把衣服弄髒嗎？您怎麼又來這種髒兮兮的地方玩。小仙，都是你害的！真是不像話！」

女傭帶著可怕的眼神斥責，一邊端詳印在仙吉臉上的泥土腳印。我強忍著臉上被踩過依然火辣的感覺，猶如做了什麼壞事愧疚地站在那裡。

「好了，洗澡水已經準備好了，別玩了趕快回家吧，不然會挨夫人罵喔。萩原家的少爺也改天再來玩吧，已經很晚了，我送您回家。」

女傭只對我一個人特別親切。

「我可以自己回去，不用送我沒關係。」

我說完便告辭了。

三個人送我到大門口。

「再見囉。」

我道別後走出門外，街道不知何時已籠罩在青藍暮靄裡，河岸道路也已燈光閃爍。我覺得彷彿從恐怖神奇的國度終於回到人間，一邊回想今天如夢似幻的經歷，一邊走回家。信一高貴俊美的容貌與超乎常人的任性妄為，整個奪走了我的心神。

第二天去學校一看，昨天被整得慘兮兮的仙吉依然是欺負弱小的小霸王，信一也一如往常軟弱窩囊，一副可憐樣和女傭畏縮地窩在運動場角落。

「小信，我們來玩點什麼吧？」

即使我上前隨意打招呼，信一也一臉不悅地蹙眉搖頭。

「不用。」

接著過了四、五天後，放學回家時，信一的女傭忽然又叫住我，邀請我去他們家玩。

「今天家裡會擺飾小姐的女兒節人偶，來我們家玩吧。」

於是我又來到了塙家。這天我是向看門的守衛打招呼進去的。打開正門玄關旁的細格子出入門，仙吉便跳了出來，帶我沿著走廊來到二樓一間十疊榻榻米大的房間。信一和姊姊趴在雛壇前吃炒豆，看到我倆進來忽然低低竊竊地嗤笑，像是又在打什麼歪主意要整人。

「少爺，有什麼好笑的？」

仙吉憂心地看著姊弟倆。

鋪著緋紅呢絨的雛壇上，最上層聳立著有如淺草觀音堂的紫宸殿屋頂，殿內排著天皇、皇后、五名樂手還有女官，殿外左側的櫻花樹和右側的橘子樹下，有三個愛喝酒的雜役在溫酒。下一層擺著燭台、漆器膳台、鐵漿道具、唐草金蒔繪等可愛裝飾，以及姊姊房間的各種人偶娃娃。

我站在雛壇前看得入迷時，信一悄悄來到我後面，湊在我耳畔說：

「今天要用白酒把仙吉灌醉喔。」

說完又立刻跑去仙吉那邊，若無其事對仙吉說：

「喂，仙吉，接下來我們四個人來喝酒吧。」

於是四個人圍成一圈，以炒豆當下酒菜開始喝酒。

「這真是好酒吶！」

仙吉學大人口吻惹得大家哈哈大笑，用拿小酒杯的手勢猛灌茶碗裝的白酒。我心想，他這樣很快就醉了吧，不禁覺得好笑。信一的姊姊光子有時也會忍不住捧腹大笑。為了把仙吉灌醉，三個陪酒的人也似乎喝得有點茫了。我覺得熱酒在我下腹周圍咕嚕咕嚕沸騰，額頭到兩旁太陽穴都微微冒汗，頭頂奇妙地發麻，感覺榻榻米表面像船底般上下左右搖晃。

「少爺，我醉了喔。我看大家也都喝得滿臉通紅了，去外面透透氣吧。」

仙吉率先站了起來，大搖大擺走出去，可是腳步不穩，一個踉蹌跌倒了，頭部還撞到壁龕的柱子，我們三個人見狀立刻大笑。

「那傢伙好好笑喔！笑死人了！」

仙吉摸摸頭，皺著一張臉也忍不住呵呵竊笑。

不久，我們三個人也學仙吉站了起來，可是走沒兩步就跌倒，跌倒了就哈哈大笑，就這樣笑笑鬧鬧玩成一團。

「哇！我覺得好爽喔！我喝醉了喔！混蛋！」

仙吉抓起屁股後面的下襬紮在腰際，擺出一副踐樣模仿職人走路。我和信一也跟著做，後來連光子都撩起下擺紮在腰際，還握拳高舉雙手，彷如歌舞伎的女強盜小姐吉三。

「混蛋！我醉了喔！」

我們這樣喊著，在房裡歪七扭八地走著，笑到跌在地上。

「啊，少爺少爺，我們來玩狐狸遊戲吧？」

仙吉忽然想到好主意，說要玩這個有趣的遊戲。故事內容是我和仙吉兩個鄉巴佬外出制伏狐狸，不料反而被化成女人模樣的狐狸魅惑，吃了很多苦頭。這時扮演武士的信一經過，不僅解救了兩人，還制伏了狐狸。醉醺醺的三人立即贊成演這齣戲。

首先，我和仙吉都綁上頭巾，將結打在額頭，然後掀起屁股後面的下襬紮進腰際，揮著雞毛撣子出場說：

「這一帶最近有惡狐狸出沒搗蛋，今天一定要制伏牠！」

然後光子這隻狐狸從對面走來：

「嗨嗨，我請你們吃大餐，跟我一起來。」

光子狐狸說著，往我們肩膀一拍，我和仙吉就瞬間被迷住了，色瞇瞇地開始對光子調情：

「好啊。這位小姐好漂亮喔。」

「反正兩人都被迷惑了，就把大便當作大餐吃吧。」

光子樂不可支地哈哈大笑，然後把自己咬了一口的豆沙餡麻糬，還有用腳踩扁的蕎麥饅頭，以及用鼻涕黏凝的炒豆子，這些又髒又噁心的東西堆在盤子上，拿到面前叫我們吃。不僅如此，她還在白酒吐痰吐口水叫我們喝。

「這是小便酒喔。來，你們快喝吧！」

「好吃，真好吃。」

我和仙吉津津有味地把東西吃光，但白酒和炒豆子有種鹹鹹的怪味。

「接下來我要彈三味線給你們聽，你們要把盤子頂在頭上跳舞喔。」

光子拿雞毛撢子當三味線琴，「哎呀哎呀」地唱了起來，我們兩人也把點心盤放在頭上，用腳打拍子唱著「喔來了，喔來了」地跳起舞來。

這時武士信一來了，立即看穿狐狸的真面目。

「區區一隻野獸竟敢欺瞞人類，真是豈有此理！我要把妳綁起來殺掉！」

「哎呀，小信你可不要亂來喔。」

好強的光子不服輸和信一扭打起來，展現她霸氣本性，頑強地遲遲不肯投降。

「仙吉，我要把這隻狐狸綁起來，你的腰帶借我。為了防止她亂踢，你們兩個按住她的腳。」

我想起前陣子看到的圖畫故事書，有個旗本的年輕武士和夥伴協力掠奪美女的故事，以這種心態和仙吉從友禪和服上面緊緊抱住光子的雙腳。信一趁機將光子雙手反綁在後，然後將她綑綁在簷廊的欄杆上。

「小榮，解下她的腰帶，把她的嘴封起來。」

「好，我來。」

我迅速繞到光子身後，解開她薑黃色縐綢腰帶。為了不弄壞她的唐人髻，我將手伸進她細長的後頸，從油亮髮髻下面繞過耳朵，將縐綢轉啊轉的在下巴附近繞了兩圈，然後用力一拉，縐綢便嵌入她蘋果臉的嫩肉裡。光子如金閣寺的雪姬[8]般痛苦掙扎。

「好，接下來輪到我對妳發動糞便攻擊了。」

信一隨手將糕餅放進嘴裡咀嚼，然後呸呸呸吐在光子臉上，轉眼間雪姬的美麗臉蛋變得像痲瘋或梅毒患者，有種令人不忍卒睹的樂趣。我和仙吉也被這有趣的場面吸引，跟著信一起鬨斥罵：

「可惡的畜生！剛才還逼我們吃穢物！」

接著也學信一呸呸呸將嘴裡的東西吐在光子臉上。這樣還不打緊，最後我們乾脆把咀嚼過的糕餅抹在光子的額頭、臉頰，抹得她整張臉都是，還把麻糬皮貼在她臉上。不久就把光子的臉弄得汙穢不堪。於是光子變成了面目平板單調分不清五官的黝黑怪物梳著唐人髻，穿著華麗寬袖和服，簡直像從怪談百物語或《萬物滑稽合戰記》裡走出來的，而且已經失去反抗較量的力氣，乖乖地任憑擺布，彷彿已經死了。

「今天就留妳一命。下次再來欺凌人類，我就殺了妳！」

信一將光子鬆綁，並解封她的嘴。光子倏地起身衝向門外走廊，匆匆逃走了。

「少爺，小姐一定會氣呼呼去告狀喔。」

仙吉恍如事到如今才知犯下大錯般，憂心地和我面面相覷。

8 雪姬，是歌舞伎《祇園祭礼信仰記》四段目「金閣寺」的主角，敘述雪姬被繩縛於櫻花樹受盡折磨的故事。

「要告就去告，我才不怕呢！誰叫她一個女孩子那麼囂張狂妄，我根本每天都在跟她吵架欺負她！」

信一在故作鎮定耍威風時，門緩緩地被拉開，光子把臉洗乾淨回來了。白粉和糕餅餡一起被沖洗掉了，素淨的臉龐比之前更清透澄淨，光澤白皙的肌膚也顯得更瑩潤白嫩。

我心想接下來肯定又要上演火爆場面，等著看好戲之際，不料光子只是柔和地訴說她的不滿：

「要是被人看到多尷尬呀，所以我偷偷去洗澡間洗乾淨了。你們也真是的，實在太粗暴了。」說完還莞爾一笑。

於是信一趁勢說：

「接下來我當人，你們三個當狗吧。我把點心扔出去，你們就爬去吃。怎麼樣？」

「喔，好耶！我們來玩吧。好，我變成小狗了，汪！汪！」

仙吉立即四肢著地當起小狗，威風地在房裡跑來跑去。我跟在他後面也跑了起來。這時光子彷彿想到什麼似地說：

「我是母狗喔！」便加入我們的陣營，也在房裡到處亂爬。

信一發號施令要我們表演雜技，把我們整得團團轉。

「好，抬起前腳！……還不能吃！不能吃！」

我們只好停住。然後他一聲：

「好，可以吃了！」

我們便爭先恐後去搶吃東西。

「啊，我有個好主意。等等，等等。」

信一說著便走出房間，不久牽來兩隻穿著緋紅縐綢寵物裝的真正哈巴狗，加入我們。信一把吃到一半的糕餅，抹上鼻屎或吐了口水的饅頭撒在榻榻米上，我們這些狗和哈巴狗都爭先恐後去搶食，露出牙齒伸出舌頭，時而共同吃一塊糕餅，時而舔著鼻頭。

哈巴狗吃完點心後，跑去舔信一的手指和腳底。我們三個也不服輸，模仿哈巴狗也舔了起來。

「啊，好癢喔，好癢喔。」

信一坐在欄杆上，輪流把白皙柔軟的腳底伸到我們面前。

「原來人的腳有種鹹鹹酸酸的味道啊。漂亮的人，連腳趾甲的形狀都是漂亮的。」

我如此暗忖，拚命舔著五根腳趾與腳趾間的凹陷處。

哈巴狗愈發歡鬧嬉戲起來，一會兒仰躺四腳朝天在空中亂踢，一會兒咬著信一的下襬猛拉，信一也喜孜孜地用腳撫摸牠們的臉，或揉揉牠們的肚子。我也模仿哈巴狗咬拉信一的下襬，信一同樣用腳底揉我的臉頰、輕撫我的額頭，但他的腳跟壓在我眼球上時，還有腳心堵住我嘴巴時，我覺得有點難受。

這一天我們就玩著這些荒誕遊戲，直到傍晚我才回家。從第二天起，我幾乎每天都去塙家，總是在期待學校趕快放學。就這樣日日夜夜，腦海中都盤旋著信一與光子的臉。越來越習慣信一的惡搞後，他的任性也益發猖狂，我也和仙吉一樣變成他的手下，玩起來一定被打被綁。奇怪的是連那個頑強的姊姊，自從當狐狸被制伏以後，完全呈現投降態勢，不僅不敢違逆信一，甚至也不敢違逆我和仙吉，時而還會來到我們三人旁邊說：

「要不要玩狐狸遊戲？」反而擺出喜歡被欺凌的樣子。

信一星期天都會去淺草或人形町的玩具店買玩具鎧刀，回來便迫不及待揮舞，因此光子和我與仙吉的身上總是瘀青不斷。漸漸地，很多遊戲我們都玩膩了，後來就以那個小倉庫或洗澡間或後院當舞台，花心思構思故事耽溺於殘暴的遊戲裡。例如我和仙吉勒死光子搶了她的錢，信一為了替姊姊報仇殺了我們兩人並斬下首級。又例如信一和我當歹徒，毒殺了千金小姐光子和隨從仙吉，將他們的屍體扔到河裡去。最慘的角色，受到最不人道對待的總是光子。最後被砍殺的人都會塗上紅色顏料顯得渾身是血，痛苦地在地上打滾，然而有一次信一拿來真正的小刀說：

「讓我用這個稍微割一下吧？一下下就好，輕輕割一下就好不會痛的。」

他都這麼說了，我們也只能提醒他：

「不可以割得太過分喔。」

然後三個人乖乖地被他按在腳下，宛如在接受手術般拚命忍耐，內心怕得要命，看到傷口流出的鮮血，眼裡噙滿淚水，肩膀和大腿都留下淺淺的刀傷。每天我回家後，晚上和媽媽一起洗澡時，為了不讓媽媽看見那些刀傷都要費一番功夫。

這樣連續玩了一個月後，有一天我照例去塙家一看，恰巧信一去看牙醫不在家，只見仙吉一個人閒得發慌愣在那裡。

「小光呢？」

「她在練鋼琴。要不要去西洋館那邊看看小姐？」

仙吉說著便帶我往巨木林蔭遮蔽的古沼澤走去。我立刻將一切拋到九霄雲外，坐在樹齡很高的大櫸樹根部，聆聽從二樓窗戶傳出的美妙琴聲。

我初次造訪這座宅邸時，也是在這片古沼澤的水塘邊和信一聽著奇妙琴聲。那時恍如森林深處妖魔狂笑的回音，時而又像童話故事的眾多侏儒一起跳舞，數千條細微想像的彩線，在我幼小心靈編織出微妙夢幻的神奇聲響，如今也和那時一樣從窗戶傳出來。

「小仙，你去過那個樓上嗎？」

琴聲停止後，我難以遏止滿心好奇，如此尋問仙吉。

「除了小姐和打掃的阿寅之外，沒什麼人上去過。別說我了，就連少爺都沒上去過呢。」

「裡面不曉得什麼樣子。」

「聽說放了很多少爺的父親從國外買回來的罕見東西。我曾經拜託阿寅偷偷讓我上去看，可是阿寅說不行就是不行。小姐練琴練完了。小榮，要不要去叫小姐下來？」

於是我們兩人齊聲對著二樓大喊。

「小光，下來玩啦。」

「小姐，要不要來玩啊？」

可是靜悄悄的沒應答。我不禁懷疑，剛才聽到的琴聲，會不會是在沒人的房間裡，鋼琴自己自然動了起來，發出奇妙的聲響？

「這也沒辦法，我們兩個自己玩吧。」

因為只有我和仙吉兩人，無法像平常玩得那麼開，而且也沒意思。就在此時，後面忽然傳來哈哈笑聲，光子不知何時已經來了。

「剛才我們在叫妳，妳幹嘛不回答？」

我轉身以責備的眼神問。

「你在哪裡叫我？」

「就是妳剛才在西洋館練琴時，我們在樓下叫妳呀，妳沒聽到嗎？」

「我不在西洋館啊。那裡誰都不能上去喔。」

「可是妳剛才不是在那裡彈鋼琴嗎？」

「我不知道耶，那是別人吧。」

仙吉始終一臉狐疑地看著她。

「小姐，我知道妳在說謊喔。妳就偷偷帶我和小榮上去看看吧。妳還想頑強說謊嗎？不老實招來，我要把妳這樣喔。」

仙吉露出令人毛骨悚然的賊笑，立即抓住光子的手腕往上扭。

「哎呦仙吉，我是小輩，你就饒了我吧。我真的沒騙你啦。」

光子擺出乞求的態度，沒有大聲呼喊也沒想逃的樣子，任由手腕被扭住顯得有些痛苦。看到她那纖細的蒼白手腕，被結實如鐵的手指緊緊抓住，兩個少年的血色爽快對照，彷彿在引誘我的心，於是我也說：

「小光，不從實招來，要拷問妳喔。」

說完之後，我也扭起她另一隻手，解開她的腰帶，將她綁在沼澤旁的橡樹幹上。

「怎麼樣？這樣還不說嗎？還不說嗎？」

我們兩人不斷掐她捏她搔癢她，盡情地虐待她。

「小姐，等一下少爺回來了，妳會吃到更慘的苦頭喔。趁現在趕快從實招來吧。」

仙吉抓起光子的前襟，雙手使勁勒她的喉嚨。

「快說！不然會越來越痛苦喔！」

仙吉說著，笑看光子不停地翻白眼，終於將她從樹上解下。光子仰躺在地。

「哦，這是人體長椅耶！」

仙吉如此喊道。於是我坐上光子的大腿，仙吉則坐在光子臉上，兩人一邊搖晃身體，一邊用屁股擠壓她。

「仙吉，好啦，我坦白說。你就饒了我吧。」

光子的嘴巴被仙吉的屁股堵住，以奄奄一息的細弱聲音乞憐。
「那妳一定要一五一十坦白說喔。妳剛才在西洋館吧？」
仙吉抬起屁股，稍稍鬆手詢問。
「對。因為我猜你們會叫我帶你們去，所以才撒謊。帶你們去的話，媽媽會罵我的。」
仙吉一聽，目露兇光地威嚇：
「好啊，如果妳不帶我們去，妳又要吃苦頭了喔。」
「好啦，好啦，我帶你們去啦。我帶你們去，你們就饒了我吧。可是白天去容易被發現，晚上再去好嗎？到時候我會偷偷去寅造的房間拿鑰匙來幫你們開門，小榮想去的話也請晚上再來。」
光子終於投降了，但我們依然把她壓在下面，商量著晚上的事。這天剛好是四月五日，我可以跟家裡謊稱要去水天宮的廟會而溜出去，天色暗了以後從塙家大門溜進西洋館的玄關，和偷了鑰匙的光子與仙吉在那裡會合。如果我晚到的話，他們就先進去，在二樓樓梯口右邊第二個房間等我。我們就這樣約好了。

「好，既然敲定了就釋放妳，快起來吧。」

仙吉終於鬆手放了光子。

「啊，好難受喔。被仙吉坐在臉上，我都快不能呼吸了。而且頭底下有塊大石頭，真的好痛喔。」

光子起身拍拍衣服的塵土，揉揉身體的各部位，宛如腦部充血般臉頰和眼睛都紅通通的。

「可是，二樓到底有什麼東西呢？」

我得先回家一下，臨別時如此詢問。

「小榮，你看了可別嚇到喔。有很多有趣的東西喔。」

光子說完便笑著跑進去了。

我走出門外，人形町街上的攤商已點亮煤油燈，劍擊表演的海螺號角聲響徹夕暮天空，有馬家宅邸前擠滿黑壓壓的人群[9]，賣藥的老闆指著露出女人胎內的人偶，不曉得高聲在說明什麼。此刻，連我向來喜愛的七十五座神樂演出，以及永井

9 水天宮是久留米藩歷代藩主有馬家所崇拜的神社。

兵助叫賣蟾蜍油的戲曲演出，我都沒心情看，只顧趕著回家，迅速洗澡，晚飯也沒怎麼吃就跟家人說：

「我要去逛廟會囉！」

旋即又奔出家門。這時大概快七點了。廟會的燈火融入濕涼如水的藍夜空氣中。金清樓二樓的宴會廳裡，能樂狂舞的人影清晰可見。米屋町的年輕小伙子，二丁目射箭場招攬客人的女人，形形色色的男女穿梭在街道兩旁。這時是人潮最多的時刻。我走過中之橋，回頭看昏暗蕭條的濱町區，微陰的黑暗天空朦朧地染著濁紅。

不知不覺我站在塙家前，抬頭望著黑聳如山的高大屋頂。夜風微寒帶著黑暗從大橋那邊吹來，大櫸樹的葉子不曉得在哪片天空下發出沙沙聲響。我偷瞄了一下圍牆裡，看見守衛房間門的細縫洩出一條細長光線。主屋那邊的擋雨窗已關上，在陰霾的背景裡恍如寂靜沉睡的妖魔。大門旁有個便門，我將雙手抵在便門冰冷的鐵格子上，在黑暗中用力一推，沉重的門扉嘎的一聲乖乖地動了。我穿著竹皮草履鞋躡手躡腳，盡量不踩出腳步聲，聽著自己急促的呼吸聲與劇烈的心跳聲，在黑暗中朝著發光的西洋館玻璃窗走去。

我的眼睛逐漸適應黑暗，看得越來越清楚了。八角金盤的葉子、櫸樹的枝幹、春日燈籠等，許多擺出來會讓少年心生畏懼姿態的黑色物體，突然一路爆衝到我的小瞳眸，我嚇得在坐在花崗岩的台階上，在沁涼的夜氣中低垂著頭，屏息等待。但他們兩人遲遲不來。從頭上罩頂而來恐懼，嚇得我渾身顫抖，牙齒也不停打顫。啊，早知道就不來這麼可怕的地方，我內心如此想著，不禁雙手合十拚命向神明懺悔：

「神啊，我做了壞事。我以後絕不會再對母親說謊，也不會瞞著母親來別人家。」

我真的很後悔，死心地站起來想回家時，忽然看到玄關玻璃門裡，亮著一小點彷彿蠟燭的微光。

「哎呀，原來他們兩個已經進去了？」

如此一想，我又立即成為好奇心的奴隸，完全不瞻前顧後就握住門把，然後用力一轉，門就自然開了。

進到裡面後，正如我所料想的，正面螺旋梯的台階上，放著一盞帶把的燭台。看來是光子為我準備的。蠟燭已經燒了一半，蠟液黏黏糊糊地溢出燭台，發出的光芒原本照不到三尺外，但外面的空氣隨我進入後，火焰搖搖晃晃又大了起來，清漆的欄杆影子也頓時晃動起來。

我嚥了一口口水，宛如小偷躡手躡腳步上螺旋梯。二樓的走廊更加黑暗，看起來好像沒人，寂靜無聲。我用手摸索前進，來到約定的右邊第二個房門前——我將耳朵抵在門上側耳傾聽，依然寂靜無聲。於是我帶著半是恐懼半是好奇的心情，豁出去地將上半身靠在門上，轉動門把。

霎時，一道刺眼的光線猛地射來，我一時眼花撩亂不停地眨眼，然後宛如要看清妖怪的真面目而謹慎環顧四周，發現沒有半個人。房裡中間掛著大吊燈，五彩稜鏡裝飾的蝦紅色燈罩暗影，使得房間上半部顯得有點暗。此外還有鑲嵌金銀的椅子、桌子、鏡子等裝飾物顯得燦亮輝煌，鋪在地上的暗紅色柔軟地毯深得我心，柔軟得像隔著短布襪踩在青草原野上。

「小光。」

我想出聲叫喚，但四周死滅般的寂靜壓住我的嘴唇，舌頭僵硬得沒有勇氣發出聲音。起初我沒注意到，後來發現房間左手邊的角落，有個出口通向另一個房間，那裡掛著褶皺很深的沉甸甸錦緞帷幔厚厚地垂下，讓我聯想到尼加拉大瀑布。我掀開帷幔，想偷看隔壁房間的樣子，但帷幔的另一邊實在太暗，我又把手收了回來。這時我忽然聽到壁爐上的座鐘發出蟬鳴般低吟，旋即又奏起鏗鏘嘹亮的奇妙音樂。我猜想這會不會是光子安排的暗號，專心看向帷幔那邊。但音樂持續了兩三分鐘就停了，房裡再度回到死滅寂靜，錦緞帷幔文風不動，寂然下垂。

我呆愣地站在那裡，目光落在左側牆上掛的油畫肖像。漫不經心走到那幅畫前，仰望恰好隱沒在燈影裡有點暗的西洋少女半身像。畫框是厚實的金框，長方形的畫面散發著沉重陰暗的茶褐色氛圍。畫中的少女垂著頭髮，只有胸部稍稍覆著青藍色衣物，裸露的肩膀與手臂戴著黃金和珍珠手環，張著夢幻般黑眼睛凝視前方。黑暗中，純白膚色鮮明浮現出來，配上那氣質高雅的鼻樑、嘴唇、下顎到雙頰，以及那端莊的輪廓，顯得莊嚴高貴又美麗，彷彿從童話故事出來的天使，看得我目眩神迷。驀地，我不經意瞥到畫框下三尺左右，靠牆的圓桌上放著一個蛇形擺飾，不由得留意了起來。這究竟是做什麼用的？無論是蛇身盤成兩圈，蛇頭如蕨菜抬起的姿勢，或是黏滑青蛇的鱗片顏色，做工都逼真得栩栩如生，令我越看越佩服，覺得牠就快動起來似的。霎時我冷不防心頭一驚，連忙退了兩三步，瞪大眼睛。可能是心理作用吧，我總覺得蛇好像真的在動。爬蟲類的動作通常極為緩慢，不盯著看很難察覺牠們在動。這條蛇雖然也態度悠然，但頭部確實前後左右緩緩地扭動著。我彷彿被潑了冷水渾身打起寒顫，臉色蒼白猶如死人僵立不動。此時，從錦緞帷幔的皺褶間，突然探出一張和油畫少女一模一樣的臉。

少女臉上微微帶笑，錦緞帷幔被撥成兩半滑過她的肩頭，隨後又在她背後合攏為一，少女便全身出現站在帷幔前。

她及膝的青藍裙襬下方，一雙沒穿襪子如石膏般的裸足穿著肉色拖鞋，瀑布般的黑髮滑溜溜地垂在雙肩，和油畫一樣戴著項鍊與手環，從胸部到腰部包得緊緊的衣服裡，看得出肌肉柔美起伏的微動。

「小榮。」

猶如啣著牡丹花瓣的嘴唇震動的剎那，我才驚覺那幅油畫是光子的肖像畫。

「人家一直在等你來喔。」

小光說著，威脅似地逐步逼近。一股難以言喻的香甜氣息撩撥著我的心，眼前閃現迷濛的紅光。

「小光，妳一個人啊？」

我以求救般的語氣，問得戰戰兢兢。為何她今晚穿洋裝呢？隔壁陰暗的房裡有什麼呢？我還有很多事想問，偏偏卡在喉嚨說不出口。

「我帶你去見仙吉吧，跟我一起來。」

光子忽然抓住我的手腕，我不禁微微顫抖，心裡七上八下地問：

「那條蛇真的會動吧？」

「不會動啊，你看。」

光子說著，莞爾一笑。對耶，經她這麼一說，那條剛才確實在動的蛇，現在靜靜地盤成一團動也不動。

「別看那種東西了，跟我走吧。」

光子溫暖柔軟的手心，彷彿有著我難以甩開的魔力，輕輕抓著我的手腕，拉著我緩緩走向一間陰森詭異的房間。轉眼間兩人沒入沉甸甸的錦緞帷幔裡，隨即來到陰暗的房間。

「小榮，我讓你看看仙吉吧？」

「好啊，他在哪裡？」

「我點亮蠟燭你就知道了，等一下。不過在那之前，我想先讓你看個有趣的東西。」

光子放開我的手腕，不曉得消失到哪裡去。不久，前方的暗處傳出啪嚓啪嚓的駭人聲響，然後出現無數條細細的藍白色光線交錯飛舞，時而像流星劃過，時而如波浪湧動，時而畫圓，時而畫十字。

「怎麼樣，很有趣吧？什麼都可以寫喔。」

光子如此說著，又走到我旁邊。剛才看到的光線也逐漸轉淡消失在黑暗裡。

「那是什麼？」

「是舶來品的火柴在牆上劃出的火光喔。只要在暗處，無論劃東西什麼都會出現火光。小榮，來劃你的和服看看吧？」

「不要啦，太危險了。」

我嚇得想逃。

「沒事啦，你看。」

光子順手拉起我和服的衣襟，用火柴在上面一劃，絲綢布上便出現螢火蟲爬行般的閃亮藍白光。接著光子又在上面寫下「萩原」的片假名，鮮明閃亮的藍白光字跡停留了好一陣子。

「好了，我點燈帶你去看仙吉吧。」

宛如打火石啪的一聲火花四濺，光子手中的白磷火柴劃燃了，然後拿去點燃房子中間燭台上的蠟燭。

西洋的燭光朦朧照著室內，許多器物與擺飾品的黑影，恍如跋扈的魑魅魍魎姿態，又長又大地映在四周牆上。

「你看，仙吉在這裡喔。」

光子說著，指向蠟燭的下方。我定睛一看，原以為是燭台的東西，竟是手腳被綁、裸露上身，以額頭承載著蠟燭仰頭坐著的仙吉。蠟液如鳥糞般在仙吉的臉部與頭部竄流，不僅使他面目全非，蠟液更封住了他的雙眼，填塞了他的嘴，還從下巴滴滴答答流到大腿，而且眉毛快被燃掉七成的燭火燒焦了。儘管如此，縱使雙手遭到反綁，仙吉依然像婆羅門的修行者般乖乖盤腿端坐。

光子和我來到他面前時，他像是想起了什麼，開始蠕動蠟封僵硬的臉部肌肉，終於睜開些許眼睛後，滿是怨恨地瞪著我，語氣鬱悶又心酸但嚴肅地說：

「喂，你和我一直過分欺負小姐，今晚是她在報仇。我已經徹底向小姐認錯投降了，你也趕快向小姐道歉吧，不然會被整得很慘……」

仙吉說這話時，蠟液也毫不留情如蚯蚓般從額頭流到眉毛，仙吉只好再度閉上眼睛，又被蠟封住了。

「小榮，今後別再聽小信的話了，當我的家臣吧。如果你不願意，會像那座肖像被纏上好幾條青蛇喔。」

光子笑得詭異陰森，指向塞滿印著金字外文書的書架上方的石膏像。我提心吊膽抬頭往昏暗的角落望去，只見一座體格健壯、被蟒蛇纏繞而神色駭人的巨漢雕像旁，有兩三條剛才那種青蛇靜靜地盤捲著，猶如香爐低調地候著。我著實嚇呆了，無法分辨是真蛇或假蛇。

「你什麼都會聽我的吧？」

「……」我臉色蒼白，只能默默點頭。

「你剛才和仙吉把我當人體長椅坐，所以現在輪到你當人體燭台了。」

光子立即將我的雙手反綁在後，要我去盤坐在仙吉旁邊，然後緊緊綁住我的兩隻腳踝，對我說：

「你要抬頭喔，這樣蠟燭才不會倒下來。」

然後就點燃了我額頭中間的燭火。我不敢出聲，拚命支撐著燭火，悲戚的淚水撲簌簌地滑落之際，熱燙的蠟液也流過眉間滴滴答答地垂滴下來，不久我的眼睛和嘴巴都被封住了。但透過薄薄的眼皮，依稀可見燭光朦朧閃爍，眼球周圍一片迷濛紅光，光子濃濃的香水味如雨水降在我臉上。

「你們兩個就這樣乖乖別動，稍微再忍耐一下。待會兒我讓你們聽有趣的東西。」

光子說完不曉得走到哪裡去。過了片刻，隔壁房間悄然傳出悠揚鋼琴聲，劃破了周遭寂靜。

那神妙的琴聲彷彿來自另一個世界，時而如珍珠在銀盤滾動，時而又像溪澗清水潺潺地滴落青苔。我額頭上的蠟燭已經燒得很短，熱汗交織著蠟液涔涔淌下。我斜眼看向坐在旁邊的仙吉，他滿臉黏著一坨一坨將近一公分厚的麵粉狀白色硬塊，活像炸牛蒡天婦羅。我們倆彷如《歡喜的二胡》[10]裡的人，陶醉地側耳傾聽微妙的音樂，一直坐著凝視眼瞼裡的明亮世界。

第二天起，我和仙吉來到光子面前，都像貓一樣乖乖地跪下。信一若出言忤逆姊姊，我們會立刻出面制止，不容分說把他綁起來打，因此傲慢的信一也逐漸成為姊姊的家臣，無論在家或學校，都徹底變得同樣卑屈窩囊。我們三人若想出什麼新遊戲也樂於服從光子的命令。例如光子說「變成椅子」，我們立刻四肢撐地拱起背部。她說「變成菸灰罐」，我們就立刻畢恭畢敬張開嘴巴。漸漸地光子越來越囂張，把我們三人當奴隸使喚，沐浴後要我們幫她剪指甲，命令我們清她的鼻孔，逼我們喝她的尿，總是要我們隨伺在旁，終於變成這個國度的女王。

從那之後，我再也沒去過西洋館。那青蛇究竟是真是假，至今我仍不清楚。

10《歡喜的二胡》，童話作家巖谷小波創作的兒童劇。

幫閒

明治三十七年春天到三十八年秋天，使得全世界動盪不安的日俄戰爭終於簽訂《樸茨茅斯條約》宣告結束，在發展國力的名義下，各種企業應運而生蓬勃發展，出現了新華族[1]也出現了暴發戶。故事就發生在世間洋溢著節慶般景氣，明治四十年四月中旬。

時值向島的堤岸櫻花盛開，晴空萬里風和日麗，星期天上午開往淺草的電車和輪船都坐滿了人，人群如螞蟻絡繹不絕走過吾妻橋。橋的對面，從八百松到言問的小船倉庫一帶籠罩著溫暖霧靄。對岸從小松宮御別邸到橋場、今戶、花川戶等街區，還沉睡在朦朧的藍光裡。後面淺草公園的凌雲閣，朦朧地矗立在水氣很多、彷彿令人喘不過氣的湛藍天空裡。

從千住穿過濃濃霧靄而來的隅田川，蜿蜒流過小松島一角，具備了水量豐沛的大河之姿，沉醉於兩岸春色的慵懶河水閃爍著亮麗陽光，流向吾妻橋下。從容不迫的柔和波浪緩緩起伏，倦懶地拍打河面。恍如棉被觸感的柔軟水面上，漂浮著幾艘小船與賞花船，不時有渡船駛離山谷崛碼頭，橫越於上行與下行的船列間，將滿載到船舷的乘客送往河堤。

這天早上十點左右，一艘賞花船出了神田川口，從龜清樓石牆後面駛向大河中央，要前往大傳馬。這艘裝飾著紅白相間條紋美麗帷幔的賞花船，載著代地的藝伎與幫間[2]，以及坐在中間當時兜町知名的暴發戶榊原老爺，及其五、六名隨從。榊原環視船上男女，一邊大口喝酒，肥胖泛紅的臉已有三分醉意。當漂浮在河心的賞花船，順著藤堂伯圍牆前進時，帷幔裡猛然響起三味線的彈唱聲，歡樂快活的聲響不僅震盪了大河之水，也朝著百本杭與代地的河岸襲來。兩國橋上與本所淺草河岸路上的人們都伸長脖子，無不陶醉於這歡樂的氣氛。船上的情況，即使在岸邊也看得一清二楚，甚至連女人嬌媚的話語聲也不時隨著河風吹來。

賞花船靠近橫網河岸時，船頭驀然出現一個喬裝成詭異轆轤首[3]的人，隨著三

1 新華族，明治十七年頒布了《華族令》，對不屬舊公卿貴族，但對國家有功勳的人也授予爵位，稱為新華族。

2 幫間，宴席上助興討客人歡心的男藝者。

3 轆轤首，江戶時代盛傳的一種長頸妖怪，脖子可伸縮，多為女性形象，與井邊打水時控制汲水吊桶的轆轤把性質上頗為相似，故而得名。

味線開始跳起滑稽至極的搞笑舞蹈。那個是在畫著女人五官的大氣球上，裝上細長的紙袋脖子，然後將這道具從頭頂罩下，演出者的臉完全隱藏在紙袋裡，身上則穿著花俏的友禪寬袖和服，腳上穿著白布襪，但跳舞時經常做出抬手動作，因此緋紅袖口露出看似男人的粗壯手臂，尤其五根骨節突起的褐色手指更為醒目。畫著女人頭像的氣球隨風飄舞，時而像在窺看岸邊的住家屋簷，時而掠過迎面駛來的船夫的頭，此時都會引來岸邊人們的側目，拍手大笑。

在一片驚呼歡笑中，賞花船已快接近厩橋。橋上滿是黑壓壓的人群，黃皮膚的臉孔排成一排，俯瞰眼下駛來的船上情景。隨著賞花船越來越近，轆轤首的五官也清晰出現在半空中，那表情像在哭，又像笑，也像在睡覺，有種難以言喻的飄逸感，惹得看熱鬧的人又哈哈大笑。船頭進入橋下後，轆轤首藉著高漲的河面，得以順利地輕輕擦過看熱鬧人們前面的欄杆，然後被船隻牽引折彎，婀娜柔軟地穿過橋下，不久又輕輕地飄起現蹤，徜徉在藍天裡。

來到駒形堂前，從船上也可清楚看出，吾妻橋的行人早已遠遠地認出這艘船，像在歡迎凱旋的軍隊候在那裡。

因此這裡也上演和厩橋一樣滑稽戲碼逗眾人大笑，然後朝著向島駛去。增加了一把三味線的伴奏使得氣氛更加熱鬧，彷如牛被歡鬧樂聲催促而拉動祭典的山車，船隻也被熱鬧快活的樂聲之力往前推，徐徐地在水面前進。無論是幾艘駛出大河狹窄處的賞花船，抑或揮動紅色或藍色小旗聲援小船的學生們，甚至在岸邊看得目瞪口呆的群眾，都在目送這艘詭異的滑稽船離去。轆轤首的舞動越來越婉轉流麗，氣球隨著河風飄舞，轉眼便穿過輪船的白煙，倏地高高飛起俯視待乳山，彷彿在向看熱鬧的人們獻媚做出撩人姿態，真是集合河上所有人氣於一身。到了言問附近就要遠離河堤，更往上游而去，但徘徊在植半料理店到大倉氏別墅一帶的河堤人們，依然遙望著河道上空恍如鬼魂的轆轤首，直呼：「那是什麼？那是什麼？」目送它飄飛而去。

這艘以旁若無人的表演惹得河堤人們為之騷動的賞花船，終於停靠在花月華壇的碼頭，一行人下船蜂擁來到庭園的草地上。

「辛苦了，辛苦了。」

榊原老爺和藝伎們圍著轆轤首男子，向他拍手喝采。這時轆轤首男子脫掉紙袋，從火紅燃燒般的襯領，開始露出淺黑色光頭與和藹的臉龐。

這群人換了個河岸又繼續玩，重啟酒宴。榊原老爺與眾多男女在草地上玩得不亦樂乎，開心地又跑又跳，玩矇眼睛遊戲，又玩捉迷藏遊戲，吵吵嚷嚷地熱鬧非凡。

那名男子依然穿著寬袖和服，白布襪趿著紅履帶的麻裡草屐，步伐凌亂追在藝伎後面，或被追趕地嬉戲。尤其他當鬼的時候，場面更是歡鬧喧囂，從綁上矇眼手巾時，榊原老爺和藝伎們就拍手捧腹大笑，笑到雙肩震動起伏。例如他的紅色襯裙會露出多毛小腿，帶著老練藝人優雅而尖細的嗓音說：

「小菊，小菊，我抓到妳了。」

但有時掠過女人的衣袖卻沒發現可以逮人，或是一股腦兒撞上樹幹，到處亂跑橫衝直撞。可是他的動作並非猛迅快速，反倒有些笨拙滑稽，真的不容易抓到人。

大家看到他當鬼的模樣都覺得好笑。有人低低竊笑，屏氣凝神，躡手躡腳走到他背後，猛地在他耳畔嬌聲地說：

「我在這裡唷。」

然後往他背上一打，旋即逃之夭夭。

榊原老爺則是拉起他的耳朵扭啊扭地說：

「怎麼樣啊？怎麼樣啊？」

「痛死了！痛死了！」

他尖叫喊痛，皺起眉頭，故意裝出非常可憐的表情，還扭動身體掙扎。那表情實在太可愛，任誰都想捉弄他，拍拍他的頭，或捏捏他的鼻子。

有個十五、六歲的調皮雛伎繞到他身後，以雙手拉起他的腳，他便狼狽地跌坐在草地上。在一片哄笑聲中，他慢吞吞爬起來說：

「是誰欺負我這個老人家？」

他的雙眼依然矇著，張口怒斥，活像歌舞伎裡的「由良」[4]張開雙臂走了起來。

4 由良，就是歌舞伎《假名手本忠臣藏》的大屋由良之助，其中有一幕是大屋由良之助在祇園的茶屋和藝伎玩矇眼遊戲。

這名男子是名叫「三平」的幫間，以前是兜町的股市交易員，從那時就很想嚮往幫間這一行，終於在四、五年前成為柳橋一位幫間師傅的弟子，以其與眾不同的機靈秉性，迅速獲得市場寵愛，如今已成為同行中的翹楚。

「櫻井（這名男子的姓氏）是個不拘小節的人，比起在股市工作，做這一行更適合他的性情，也更有發展。現在收入也相當豐厚，算是很幸福的人啊。」

知道他過去的人，經常如此談論他。日清戰爭[5]時，他在海運橋附近擁有幾家證券行，雇用了四、五名員工，和榊原老爺也頗有交情。從那時起，他就是朋友圈的開心果，酒宴上不可或缺的人物。常在一起玩樂的朋友都說：

「只要有櫻井在，筵席就熱鬧有趣。」

他歌唱得好，又會說話，而且無論自己多有聲望都不會裝模作樣擺架子，不僅將了不起的股市老爺身分拋在腦後，甚至也不顧自己是優秀男人的品味，一心只想獲得朋友和藝伎的熱情褒獎，把大家逗得哈哈大笑，愉快至極。在華麗的燈光下，他略帶醉意宛如財神爺惠比須的臉被照得油亮發光，「嘿嘿嘿」地笑顏逐開，滔滔不絕說起奇特的笑話，是他最顯生命力的時刻。他那散發著異樣喜悅的和藹眼眸充滿光輝，晃著癱軟雙肩那種天真無邪的態度，簡直就是精通玩樂精髓之人，儼然是歡樂的化身。對待藝伎，他也是盡力討她們歡心，努力周旋伺候，到了分不清誰是客人的程度，因此藝伎剛開始會覺得有些噁心厭惡，在心裡臭罵「你這個色胚爛人」，可是慢慢知道他的心性後，就明白他其實別無居心，只是樂於博取大家歡笑的濫好人，所以也就「櫻井，櫻井」地叫著，和他熟絡了起來。然而另一方面，儘管受到大家珍視，而且無論他有多錢多有聲望，都沒人對他獻媚，也沒有人迷戀他。大家不稱呼他「老爺」，也不稱呼他「您」，只管「櫻井，櫻井」地叫著，很自然把他當成比客人低一階的人，但他不以為意，也不認為失禮。實際上，他也絕非會讓人興起尊敬之念或愛慕之情的人，而是天生擁有一種性情，會讓人帶著溫暖的輕蔑之心或憐憫之情，去親近他疼愛他。恐怕即便是乞丐，也不會想對他低頭行禮吧。然而即使被當成笨蛋對待，他也不會生氣，反而感到高興。只要有錢，他一定找朋友出去散財飲酒作樂。若朋友邀請赴宴，他便心癢難耐，無論有什麼商務都

5 日清戰爭，日本人對中日甲午戰爭的通稱。

會設法取消，完全變成荒唐之人，匆匆出門赴宴。

「哎，辛苦你了。」

宴會結束時，經常被朋友如此揶揄。此時他一定會恥度全開雙手抵地說：

「哪裡，請賞個紅包吧。」

這時藝伎就會開玩笑地學客人的腔調說：

「好好好，這個拿去吧。」

揉起一團紙丟給他。

「啊，真是太感謝您了。」

他行了兩三個禮，將紙團放在扇面上，進而模仿廟會魔術師的口吻滔滔不絕地接道：

「啊，這是太感謝了。各位也扔點錢給我吧，只有兩錢也可以，這樣我一家大小就能得救。畢竟東京的客人都是濟弱鋤強的……」

如此悠哉的男人，也有過幾段戀情。他不時會把藝伎贖身拖來家裡住，卻又不願正式娶人為妻。要是愛上了就更荒唐，為了討女人歡心拚命搞笑，絲毫沒有男子漢大丈夫的威嚴。無論女人要什麼都買給她，即使女人對他頤指氣使，要他做東做西，他也都「好好好」地聽命行事，顯得窩囊至極。還曾遇上酒品很差的女人，動不動就被罵混帳東西，還被打頭。通常有女人的時候，他就不去花街柳巷，幾乎每晚都把朋友和店員叫來二樓客廳，聽情人彈三味線，喝酒唱歌作樂。有一次，他的女人被朋友睡走了，他依然捨不得分手，便想方設法討女人歡心，還買綢緞給女人的情人，甚至陪兩人去看戲，有時還讓那個女人和男人坐在上座，自己拚命搞笑演出，完全樂於被那對男女當道具用。最後還經常給錢讓藝伎設宴款待她捧場的歌舞伎演員，以此為條件把該名藝伎引入家門。在他身上完全看不到男人之間的賭氣較勁，或因嫉妒而怒火中燒。

但他又生性非常容易厭倦，看他迷戀到難以自拔，以為會無止盡地驕寵對方，卻又會突然整個冷掉了，就這樣一個女人換過一個女人。不過原本就沒有女人真正愛上他，都是趁還有希望的時候狠狠詐取一番，覺得苗頭不對就掉頭走人。也因此，他在店員之間完全沒有威信，加上他不擅經營，常常出現大虧空，因此店也很快就倒了。

之後他轉行開賭場，當皮條客，逢人就放話：

「看著吧，我一定會東山再起。」

他待人和藹可親，也有先見之明，偶爾也能找到生財之道，偏偏總敗在女人手裡，搞得一年到頭手頭拮据，終於落得債台高築。於是他懇求老朋友榊原收留他：

「拜託雇我當員工。」

就這樣在昔日好友榊原的店當起店員。然而儘管淪為一介店員，他依然難以忘懷那已沁入骨髓與藝伎玩樂的情趣。即使坐在帳房的桌旁，他也會不時憶起女人嬌媚的聲音與歡樂快活的三味線音色，不由得哼唱起來，甚至有時大白天就自顧自地興奮陶醉起來。後來實在忍不住，就拿為身體好的種種藉口，這裡東借一點錢，那裡西借一點錢，卻都賴帳不還，瞞著老闆去找藝伎玩。

「那傢伙這一點滿可愛的。」

剛開始兩三次，那些借他錢的朋友還能這麼想。但後來實在太多次了，朋友也終於火大了。

「我受夠櫻井那傢伙了。那種吊兒郎當的個性，實在令人難以消受。雖然他本性不壞，可是下次敢再厚臉皮來借錢，我一定臭罵他一頓。」

儘管這麼想，下次看到櫻井時，悲憫之情又總是油然而生，也不忍對他說重話。

「下次我再借你，今天你就繞了我吧。」

原本想這樣把他打發走，偏偏櫻井死纏活纏地拜託。

「不要講這種話，拜託你啦，借我錢。我馬上會還你，拜託啦。這是我唯一的懇求！我此生唯一的懇求！」

話都說到這樣了，通常大家也都難以堅持不借。

後來老闆榊原也看不下去，便開口勸他：

「我也會經常帶你去玩，你就別這樣給別人添麻煩了。」

於是三次就有一次，榊原會帶他去熟悉的藝伎酒館。唯有這時他宛如變了一個人，非常忠實勤奮地努力工作。每當榊原為了生意悶悶不樂，只要和櫻井一起喝酒，看著他天真無邪的臉，便能忘憂解愁，因此更愛帶他出去喝酒。到了後來，比起店員的工作，陪老闆喝酒尋歡反倒成了他真正的工作，儘管白天在店裡無所事事，他也會得意洋洋地開玩笑說：

「我是榊原商店的專屬藝伎。」

榊原有個從正派人家娶來的老婆，也有兩三個孩子，大女兒十五、六歲。從老闆娘到女傭都很疼愛櫻井，常說：「櫻井啊，廚房有好吃的東西，過來喝杯酒吧。」就這樣把他叫去廚房，想聽他說風趣的俏皮話。

「像你這樣凡事不以為意，就算貧窮也不以為苦吧。能夠一生笑嘻嘻地過日子，才是最幸福的。」

老闆娘如此一說，他便得意起來。

「您說得沒錯。所以我從來沒有生過氣。這可能也是我喜愛玩樂所賜……」

然後這樣滔滔不絕說了一小時。

時而輕聲細語，嗓音顯得蒼老古雅。無論端唄、常磐津或清元[6]他都熟悉得很，當他以嘴巴模仿三味線並開心地唱起時，不僅他陶醉在自己的美聲裡，旁人也聽得如痴如醉。每當他學會最新的流行歌曲，總會立刻跑去廚房展現。

「小姐，我教妳唱一首很有趣的歌。」

每當歌舞伎座上演的狂言劇更新劇碼時，他都會去站著看兩三次，就這樣立刻學會了芝翫和八百藏[7]的腔調。然後在廁所裡或路上瞪眼甩頭，不顧一切地拚命練習腔調。閒閒沒事時，他始終哼著三味線的小唄，或是模仿演員的動作，自得其樂地玩得很開心。

自小，他就對音樂和落語很有興趣。他出生在芝地區的愛宕下，小學成績就優秀到被譽為神童，學習能力很強。雖說是同年級成績最優秀的，但他喜歡被同學當作家臣對待，似乎那時就具備了當幫間的特質。此外他幾乎每晚都纏著父親帶他去寄席[8]，甚至對落語家抱著一種同情與憧憬之念。看著落語家穿著華麗衣服，儀表堂堂登上舞台高座，向觀眾深深一鞠躬，便開始說了起來。

「哎，每次我都跟你說，總之你就是敗在酒和女人。尤其說到女人的勢力真的很驚人，畢竟我國從天岩戶的神話時代開始，就宣示這是個『沒有女人，天就不會

---

6 端唄、常磐津、清元，都是三味線的樂曲。

7 芝翫和八百藏，都是歌舞伎演員。

8 寄席，表演落語、浪曲、講談、漫才、雜耍等藝能的曲藝表演場。

亮的國度』……」

落語家的三寸之舌帶著關愛口吻，一開場就顯得洗鍊出色，連說話的當事人也會覺得愉悅吧。他的一言一語都逗得女人小孩哈哈大笑，時而還會以和藹的眼神環視觀眾席。此時櫻井最能強烈感受到，這裡有一種人情溫暖，也就是所謂「人間社會的溫情」。

「啊，哎呀，哎呀。」

當他隨著歡樂的三味線琴聲，抑揚頓挫地俏皮唱起都都逸[9]、三下調[10]或大津繪調[11]，連漠然潛藏於小孩體內的放蕩之血也隨之翻騰，彷彿暗示了人生的喜樂與歡愉。當時往返學校途中，櫻井常佇立在清元調[12]的師傅家窗口，聽得如痴如醉。晚上坐在書桌前，只要聽到有人彈唱新內調[13]便無心念書，立即闔上書本聽得入神。二十歲時，他首次受邀參加有藝伎的宴會，看到女人在眼前排成一排，彈起他生平憧憬的三味線，他拿著酒杯傾聽，感動到熱淚盈眶。由於有這樣的經歷，也難怪他在三味線等遊藝方面的技藝如此拿手。

他會以幫閒當本職，完全出自榊原老爺的主意。

「你老是賦閒在家也不是辦法，我給你出個主意吧，你去當幫間如何？只要在茶屋酒館喝喝酒就能拿到紅包，沒有比這個更好賺吧。像你這種懶人，做這一行最適合。」

榊原老爺如此一說，他也立刻點頭應允。然後在榊原老爺的穿針引線下，終於成為柳橋幫間師傅的弟子。三平這個名字，就是柳橋師傅給他取的。

「聽說櫻井去當幫間？真是天生我才必有用啊。」

兜町證券圈的人聽到這消息也紛紛支持。雖然櫻井還算幫間新人，但才藝出眾，筵席上也能巧妙應對，加上當幫間以前素來就有瘋狂之舉，因此入行沒多久便嶄露頭角。

9 都都逸，日本俗曲的一種，與三味線一同演唱，主要以男女戀愛為題材。
10 三下調，三味線的一種調弦法，可表現高雅穩重氣氛。
11 大津繪調，滋賀縣大津市創始的俗曲曲名，以大津繪為題材的三味線曲。
12 清元調，一種淨琉璃的三味線伴奏，也用於歌舞伎舞蹈的伴奏。
13 新內調，兩人一組彈唱三味線的街頭藝人。

有一次，榊原老爺在酒館二樓找來五、六名藝伎，說是要練習催眠術，便逐一對她們施展催眠術，但只有一名雛伎稍稍被催眠，其他都清醒得很。同席的三平突然露出恐懼之色說：

「老爺，我最討厭催眠術了，您趕快停止吧。看到有人被催眠，我的腦袋都快不正常了。」

雖然他說得惶恐不安，卻又顯得想被催眠的樣子。

「說得好！那我就來對你施展催眠術吧。好，我催眠你了。你慢慢地快睡著了。」

榊原老爺說完，瞪了他一眼。

「啊！饒了我吧，饒了我吧！我真的受不了這個！」

三平臉色大變，逃之夭夭。榊原老爺追上去，以手掌在他臉上搓了兩三圈。

「好，這下你真的被我催眠了。你已經無力反抗，想逃也逃不掉了。」

榊原老爺如此一說，三平的脖子便垂了下來，應聲倒地。

他就是如此機靈。只要半開玩笑地給他暗示，他都能配合得很好。榊原老爺說句「很傷心吧」，他就一臉哀愁地哭了起來。老爺說句「好恨啊」，他就滿臉漲紅地惱怒。叫他喝酒，就讓他喝水。叫他彈三味線，就拿掃帚給他抱。每次都逗得女人們捧腹大笑。後來榊原老爺甚至把自己的屁股湊在他的塌鼻子前面：

「三平，這個麝香味很香吧？」

說完便發出響亮的屁聲。

「原來如此，這就是麝香味啊，這味道還真香啊。好好聞喔，好香好香，令人渾身舒暢。」

三平擺出心曠神怡的表情，不停地蠕動鼻子。

「好，差不多了，我就放了你吧。」

榊原老爺說完，在他耳邊用力一拍手，他便張大眼睛四處張望。

「看來我終究被催眠了呀。這種事實在太恐怖了。我剛才有做出什麼可笑的事嗎？」

三平如此說著，擺出終於恢復神智的模樣。

接下來，喜歡惡搞的藝伎梅吉以跪坐的姿勢膝行過來。

「如果是三平，我也能催眠他。瞧，三平，我催眠你了。你慢慢地快睡著了。」

三平嚇得在房裡逃竄。梅吉緊追在後，抓起他的衣領說：

「看吧，已經不行了不行了，完全被催眠了。」

梅吉說著往三平臉上一摸，他再度垂下頸子，嘴巴張得開開地，癱軟無力靠在藝伎肩上。

接著梅吉說自己是觀音菩薩，要三平向她膜拜。又說大地震了，三平便一臉驚恐。三平千變萬化的豐富表情，每次都逗得眾人哈哈大笑。

然後榊原老爺和梅吉只要一瞪三平，三平就立刻被催眠，癱軟倒地。有天晚上，梅吉從酒館回來，在柳橋上遇到三平，瞪著他說：「三平，催眠！」三平便「嗯」了一聲仰躺在橋上。

他就是這麼喜歡逗樂別人，幾乎到了病態的地步。但因他善於掌握分寸，加上臉皮夠厚，人們都不認為他在演滑稽劇。

不知誰傳的謠言，說其實三平愛上小梅，否則不可能那麼輕易被催眠。然而說實在的，三平確實喜歡梅吉這種活潑霸氣，不把男人當男人的好強女人。自從被梅吉催眠、折騰得很慘那晚開始，他就愛上梅吉那種個性，一有機會就向梅吉暗示他的愛慕之情，偏偏梅吉完全當他是傻瓜不予理會。但他依然不放棄，看到梅吉心情好就去搭訕兩句，梅吉則會立刻像在看頑皮小孩似地說：

「你再說這種話，我就催眠你喔！」

說著便瞪他一眼。三平被這麼一瞪，就會立刻拋下重要的追求，癱軟倒地。

後來他實在受不了了，便向榊原老爺坦承自己對梅吉的愛慕之情，懇求地說：

「我知道講這種話不合乎行規，而且根本窩囊至極，但我還是想拜託您，只要一晚就好，請您用您的威望讓她點頭。」

「好，你放十二萬個心，一切包在我身上。」

榊原老爺又企圖把三平當玩具玩，所以立刻答應，當天傍晚就把梅吉叫來他常去的酒館，對她說三平的事。

「要妳做這種事有點過意不去，今晚妳能不能把那傢伙叫來這裡，盡量說些好聽的話讓他開心，關鍵時刻就對他施展催眠術。我會躲起來偷看，妳要讓他脫光衣服，叫他表演絕技。」

兩人如此開始策畫。

「可是這樣他也太可憐了。」

梅吉起初也有些猶豫，但後來心想就算事跡敗露，三平那個人也不會生氣，於是帶著好玩的心情，答應了榊原老爺。

到了晚上，車夫拿著梅吉的信去三平的住處接他。信上寫著：「今夜只有我一人，請務必來玩。」三平看了喜出望外，心想一定是榊原老爺說動她了，便比平常更費心地打扮自己，儼然一副華麗美男子的模樣前往酒館。

「來啊來啊，再過來一點。三平，今夜真的只有我一個人，你就好好放鬆吧。」

梅吉為他遞上坐墊，為他斟酒，將他捧為座上賓。面對如此殷勤款待，三平覺得自己不配，難免有些惴惴不安，但隨著醉意湧現，膽子也越來越大，對梅吉說起了這樣的話：

「我最喜歡像妳這種霸氣的女人。」

他甜言蜜語地追求梅吉，卻萬萬沒想到，榊原老爺和兩三名藝伎躲在一、二樓夾層的樓閣裡，透過窗櫺在偷看。知情的梅吉強忍不笑出來，胡亂說了一些奉承話。

「三平，既然你這麼喜歡我，就證明給我看。」

「這要怎麼證明呢？我恨不得剖開我的心給妳看呢。」

「那我對你施展催眠術，讓你坦白告訴我。你就當作為了讓我安心，讓我對你施展催眠術吧。」梅吉如此說。

「哎呀，唯獨這個真的萬萬使不得。」

三平下定決心，今晚絕對不能那樣胡搞瞎搞，因此打算視情況要對梅吉說：

「其實那個催眠術，是我太喜歡妳，被愛沖昏頭假裝出來的。」

但三平還沒說出口，梅吉便立即對他施展催眠術。

「看著！我已經對你催眠了！」

然後目光凜然冷峻地瞪著三平。三平被如此一瞪，想被女人當白痴耍的慾望又占了上風，儘管在這個重要關頭，也又癱軟地垂下頭去。

然後他順著梅吉的發問，做出各種回答，例如「為了小梅，我命都可以不要」或是「如果小梅死了，我現在就自殺」。

躲起來偷看的榊原老爺和藝伎們，看到三平睡著了心想沒關係，便也走進客廳圍在三平旁邊，有的按著肚子，有的咬住衣袖，看著梅吉惡搞三平。

三平見狀暗吃一驚，但事到如今也不能停止。而且對他來說，被心儀的女人這樣惡搞是很快樂的事，所以無論多麼丟臉的事，他都配合演出。

「這裡只有我們兩人，所以你不用介意，脫掉外褂吧。」

聽她如此一說，三平便乖乖地脫掉印著夜櫻圖案、內裡表面都是黑色縐綢的外褂，接著也解開藍色牡丹花紋的綢緞腰帶，然後褪下赤大名條紋的和服，只剩一件背部畫著雷神、袖子染著紅色閃電的白縐綢襯衣。特意精心穿好的衣服一件件被脫掉，最後變得一絲不掛。儘管如此，三平還是對梅吉的殘酷話語感到非常高興。最後按照她的暗示，做出難以啟齒的事。

梅吉痛快地玩弄一番後，讓三平睡了，然後與眾人一起離開這裡。

翌日清晨，三平被梅吉喚醒，忽地睜開眼睛，痴迷仰望穿睡衣坐在枕邊的女人的臉。梅吉為了矇騙三平，將女人的枕頭與衣物散放在床。

「我剛才起床去洗臉回來了。你真的睡得好熟喔，你的來世一定很美滿。」

梅吉泰然自若地說。

「有小梅這麼寵愛我，我來世當然很美滿。平日的思慕能如願以償，我真的太高興了。」

三平說著，一個勁兒地點頭致謝，卻忽然心神不寧起身穿上和服。

「世人會亂傳流言蜚語，今天我就此早早告辭。今後還請多多照顧。嘿，這個色鬼！」

三平輕敲自己的頭，就這樣離開了。

過了兩三天後，榊原老爺問他：

「三平，上次的事結果如何？」

「承蒙您的關照，真的很感謝。我坦白跟她說，可是她完全沒反應。該說個性剛強還是霸氣呢，總之女人畢竟是女人，不好惹啊。我真是從頭到尾窩囊透了，沒什麼好說的。」

榊原老爺瞧他誠恐誠惶的狼狽樣，不禁酸他了一句：

「你也是個大色胚啊。」

「嘿嘿嘿。」

三平刻意擺出職業性的卑賤笑容，用扇子敲了敲自己的額頭。

日本的可里平事件

德國精神病學家克拉夫特．埃賓命名的「被虐狂」是一種性變態者，亦即遭異性虐待會產生快感的人。因此這種男人——假設這是男人——縱使希望被女人殺死，也不會想殺女人。然而，這種論點乍看奇異，但實際上並非沒有被虐狂殺死妻子或情婦的案例。譬如在英國，一九一〇年二月一日，被虐狂丈夫霍利．哈維．可里平就殺了他景仰愛慕的女演員，也是他的妻子蔻拉。蔻拉的藝名叫貝爾．艾摩亞，是所有被虐狂的理想女人。她花心、任性、非常奢侈虛華，經常有很多崇拜者左簇右擁，如女王般使喚丈夫，強迫丈夫像奴隸般侍候她。這起案件發生的正確時間至今不明，但一九一〇年二月一日凌晨一點以後，蔻拉就下落不明，再也沒有人看到她。每當有人問起，可里平就說妻子去外地療養身體不幸病逝。但過了五個月，英國倫敦警察廳的刑警察覺有異要求他說明時，他卻極其坦率地說：「我說她死了是騙人的。其實我們夫妻在一月三十一日晚上大吵一架，她一氣之下就離家出走了。我猜可能去美國了。美國是她出生的國家，那裡好像有她的心上人，一定去找那個男人了。我之所以謊稱她死了，是因為如果不這麼說，我就太沒面子了。」可里平口若懸河地說完後，還帶刑警去他希爾德洛普．克雷森特街三十九號的住處，任由刑警在屋內到處搜索。因此這起案子就被埋進曖昧裡，可里平的嫌疑也暫時洗清了。但不知他在慌什麼，隔天居然不曉得跑去哪裡躲起來。接著在七月十二日與十五日，刑警再度搜索他不在家的住處，從儲煤地下室的地磚下，發現一具沒有頭也沒四肢的殘屍。這是寇拉失蹤後，五個半月的事。

我的目的不在敘述可里平事件，所以盡量簡單交代。我想特別談的是，這個可里平是警方利用無線電逮到的第一個罪犯。他曾一度逃到比利時的安特衛普，並化名為約翰．羅賓遜，於七月二十日搭上前往美國的蒙特羅斯號郵輪。但羅賓遜有位美少年同行者，自稱是他的兒子，這名少年卻顯然是女扮男裝，終於引起船長肯格爾的懷疑，因此以無線電通報警方。然後到了七月三十一日，從利物浦趕來的員警，在船上逮捕了可里平與那名男裝的女人。這女人究竟是誰呢？她叫艾瑟爾．魯．妮薇，是可里平寵愛的打字員。換言之，可里平逐漸厭倦了妻子，有了這個打字員情婦。

關於這件事，我想提醒各位注意的是，被虐狂雖然樂於被女性虐待，但這份喜悅僅止於肉體上與官能上，絲毫不含精神上的要素。有人或許會問，難道只是受到精神上的藐視與玩弄，被虐狂不會有快感，必須遭到拳打腳踢才會覺得很爽？當然未必如此。然而，即使是精神上的藐視，其實也是假裝成這種關係，把它當作真實來幻想而產生的喜悅，換言之只是一種演戲或角色扮演。因為大家都知道，倘若是個值得尊敬的女人，打從心底藐視他的高貴女人，根本連理都懶得理他。總之，被虐狂並非真的成為女人的奴隸，只是喜歡看起來像女人的奴隸。既然只是看起來，如果真的被當奴隸對待，他們也會覺得困擾。因此，他們基本上是利己主義者，儘管有時會過於投入角色扮演而不慎喪命，但絕非主動像殉教者般死在女人手裡。他們享樂的快感，來自直接或間接刺激官能，並非精神層面的東西。他們看似將自己的妻子或情婦，當成女神崇拜或視為暴君仰望，但其實只是把這些女人當作帶給他們特殊性癖愉悅的人偶，或一種工具。既然是人偶或工具，當然會有玩膩的一天，若遇到更棒的人偶，更優的工具，他們也會想要用更好的。縱使是演戲或角色扮演，總是在演同樣的橋段也會索然無味，因而想要不斷構思新劇情，變換角色，換個新花樣似乎也理所當然。被虐狂一旦燃起這種願望，迫於需要不得不遠離舊搭檔或舊人偶時，也正因為是被虐狂，反而往往會犯下恐怖罪行，而且比一般人更容易得逞，這一點大家應該也能想像吧。因為他們的病態本能，儘管內心已討厭對方，也不願像男子漢堂堂地坦白這份厭惡之情。不僅不願意，他們的本性在先天上就辦不到。儘管已經討厭眼前的女人，但這女人若依然對他耀武揚威，罵他打他，這時他還是會臣服在這種快感下而被誘惑。掌握他這種弱點的女人，對他會完全不設防，沒戒心，態度也會益發傲慢。男人被誘惑逼到走投無路的同時，內心累積的憎恨也會逐漸膨脹，終於到了進退維谷之際，只好以陰險的手段除去這個女人。（就像狠狠地玩弄一個人偶，玩到不能再玩了就把它扔進垃圾桶。）因為女人對他不設防，所以他可乘之機多的是，可以輕易得手。在世人的印象裡，他是個對女人百依百順的男人，因此也不會對他起疑。實際上可里平就是這樣。一時之間大家都認為，一個對妻子百依百順的紳士，不可能犯下恐怖的罪行。

可里平到最後都沒有自白認罪。因此他究竟在何時何地，用什麼手段殺死蔻拉，至今依然不得而知。但英國法庭基於蔻拉不見了，地下室的地磚下發現殘屍，可里平突然要情婦女扮男裝企圖偕同逃亡，還有可里平持續從藥材商朋友那裡購買多量的性慾促進劑，以及發現的殘屍內臟也驗出同樣的劇烈藥物，判定可里平毒殺蔻拉並處以死刑。但以當時的科學程度，要判定地下室的肉塊殘屍是蔻拉屍體的一部分，在學術上相當難以立證。況且肉塊殘屍被發現時已損傷腐爛得相當嚴重。還有從身體切掉的頭與四肢，究竟何時運出家裡，丟棄於何處，都是大問題。只能推測，可里平可能在罪行敗露前，利用復活節假期與情婦妮薇去法國第厄普旅遊時，從船上把屍塊扔進英吉利海峽吧。但這也只是推測，不知事實究竟為何。

可里平事件的梗概大致如上所述。在此我想介紹一樁與此相似的事件，堪稱是「日本的可里平事件」。這起事件不是別的，就是兩三年前在京阪地區的報紙轟動一時，於兵庫縣武庫郡〇〇村××地，發生於上班族小栗由次郎家中的事件。我之所以重提這起事件是希望大家留意，雖然當時報紙針對這起事件做了很多報導，但都沒有正確地觀察這起事件，只是一味地堆砌誇張的形容詞，極力描寫血腥場面，以「凶暴至極，殘忍至極」的「陰險」罪行來報導這起事件。因為沒有一家報紙特別留意到，這起事件是第二樁可里平事件，也是一樁被虐狂殺人案，所以無法從這個方向去理解。再加上事件發生在關西，因此東京的報紙也只是輕描淡寫帶過，一定很多人都不知道。我的目的不是把它拿來當偵探小說寫，只是想基於紀錄收集事實，然後以我一流的見解整理已知的材料，也就是說，我想嘗試置換事情的核心，盡可能簡潔扼要說給大家聽。

那是發生在大正十三年三月二十日凌晨約兩點的事。在阪急電車蘆屋川站東北方約五、六百公尺處有個B農家主人，聽到鄰居小栗由次郎家的方向傳來狗吠聲與人的尖叫聲。有些人可能不太了解那裡的地理位置，我在此先說明一下。連接大阪與神戶的電車有兩條路線，一條沿著海岸線走，另一條則穿過六甲山脈的山麓往高地走。阪急電車是後者，最近沿線地區快速繁榮起來了，可是當時的居民不到現在一半，尤其路線靠山處更是人煙稀少，是相當冷清的地方，除了自古就住在村裡的農民外，就只有指望去年關東大地震平安逃離的災民會來這裡租屋住，終於新蓋兩間房子。其中一間還沒租出去，另一間在兩個月前，小栗由次郎住進來了。前面提到的B農家，位於小栗家東邊約八、九公尺處，是離小栗家最近的一戶人家。但這天深夜，B農家的主人儘管聽到騷動聲也沒大驚小怪。因為他知道小栗家養了一隻大型看門狗，而且最近常聽到那隻狗到了深夜這個時候，都會發出像牛一樣的低吼聲。至於人的尖叫聲，從小栗家出來也不奇怪，因為小栗家的太太經常歇斯底里發作，發瘋似地對丈夫拳打腳踢。這個傳聞從他們搬來之後就傳得全村皆知了。

在這樣一個古老村落蓋起紅瓦的文化住宅[1]，又有都會的年輕夫妻搬來住，本來就會引起村民注意，尤其這對夫妻的八卦更適合成為村民茶餘飯後的閒扯話題。就村民所見，這對夫妻除了養了一隻狗，沒有雇用女傭，家中只住著他們兩人。丈夫是大阪船場ＢＣ棉花股份有限公司的員工，年約三十五、六歲。妻子實際年齡可能二十四、五歲，但看起來很年輕只有二十歲左右。最先讓村民驚訝的是這個妻子。她每天中午過後都會上鎖出門，用一條粗鎖鍊帶狗出去散步。這時她的穿著打扮十分怪異，留著村裡罕見的短髮，穿著華麗的軟棉布友禪寬袖和服，可是那和服十分老舊，舊得都褪色了，腳上則穿著紫色燈芯絨短布襪，那模樣確實是個美女，但怎麼看都像精神病院出來的美女。帶狗逛了一圈後，回家待了一會兒，大概下午兩點鐘，這回更恐怖，她會穿上時髦俐落的洋裝，甩著像鞭子一樣細的手杖，搭電車不曉得去哪裡。這位太太在老公不在家時，把家裡放著不管，每天去哪裡呢？這件事村民議論了很久，後來大家終於知道，她是在大阪的千日前和神戶新開發地區演出的歌劇女演員。換言之，夫妻倆都在工作。妻子工作到很晚才回來，上午通常還在睡覺，但丈夫總是一早就出門上班。大約早上七點左右，都會看到丈夫鎖上前門或後門外出。丈夫回家的時間，有時是下午六點左右下班直接回家，但有時也會先去妻子表演的劇場，直到晚上十一點左右，夫妻倆才手牽手地恩愛回家。因為這種作息，這對夫妻在白天鮮少見面，兩人都在家的時候會聊到深夜，也不是什麼奇怪的事。但不知為何，他們總是不出三天就大吵一架，經常到了半夜一兩點，夫妻大吵、扭打，甚至格鬥的聲音會打破村子寧靜的睡眠。不僅如此，村民們發現，他們吵架的內幕也很妙。起初，村民以為是丈夫吃醋毆打妻子，後來才漸漸發現，怒罵毆打的是妻子，丈夫反倒是哭著求饒的人。所以「那個女人歇斯底里。就算是女演員也太詭異了，果然有點精神不正常」，這種八卦一下子就傳開了。

也因此，那晚B農家主人，聽到狗吠聲和尖叫聲也沒有放在心上，只是想著「又在吵了」，然後就去睡覺了。可是過了三小時後，大概快五點的黎明時分，主人再度醒來，小栗家的聲音雖然變小了但依然持續著，可是這次聽不到狗吠聲，只

1 文化住宅，日本大正中期流行的和洋折衷風格大眾住宅。

有大概是丈夫的啜泣聲，與斷斷續續的「饒了我吧！」或「對不起！」的討饒聲，說得悲戚無力。這次B農家主人覺得有點怪，因為他們夫妻從沒吵到天亮，因此他又仔細聽了一下，覺得這次不像平常的吵架。平常他們吵架時，總能聽到妻子的罵聲和掌摑丈夫的聲音，但這次完全沒聽到。只能在一片寂靜中，聽到丈夫的悲鳴聲。然而再仔細傾聽，那悲鳴聲不是在說「饒了我吧！」，而是好像「救救我！」……

以上是B農家主人後來出庭作證說的話。除此之外，他和這起事件就沒關係了。他是第一個聽到小栗由次郎叫聲的人，由於沒聽得很清楚，所以猶豫著沒趕去現場。至於湊巧行經小栗家門前的第二個男人，就清楚聽到「救救我」的聲音了。以下主要是第二個男人的證詞。

這個男人是用馬車運貨的車夫，工作是將小栗家更往東北方五、六百公尺的小山開採出來的石頭，裝上馬車運到魚崎海岸。那天早上剛過五點，他行經小栗家門前時，聽到二樓窗戶傳出「救救我！」的聲音，不禁停下腳步抬頭一看。可是窗戶沒有異狀，印花布窗簾垂放，朝陽反射在緊閉的玻璃窗發出璀璨紅光，儘管如此還是頻頻傳出求救聲，於是他打算立即進去看看，偏偏正門和後門都鎖得很緊。逼不得已，他只好打破廚房的玻璃窗爬進去，然後衝上樓梯，朝著可能是傳出聲音的房間跑去。結果那個房間倒了一扇紙拉門，開了將近一公尺左右，他從這裡探頭進去看，不料裡面有一隻像狼一樣的大狗低吼了一聲便衝過來，車夫「啊！」的大吃一驚連忙後退。此時聽到房裡有個男人拚命高喊：「艾斯！艾斯！艾斯！」想要制止那隻狗。狗聽了也收斂許多，停止敵對行為，但依然充滿警戒地靠近車夫身邊，嗅著他身上的氣味。

然後車夫環顧了一下室內，發現床上躺著一個全裸男人，不僅雙手雙腳都被鎖鍊綁住，渾身還遭到嚴重鞭打，許多地方都有鞭痕還流著血。看來發出求救聲的無疑是這個男人，剛才出聲制止大狗的也一定是這個男人。然而更悲慘的是，床腳邊仰躺著一具年輕短髮的女屍。女子穿著華麗刺繡圖案的睡衣——照車夫的說法是「穿著中式服裝」——右手拿著皮鞭，脖子上被挖掉一塊肉，傷口流出的血形成血海，死狀慘不忍睹。車夫無意間目睹這幕慘狀，腦中頓時一片混亂，只能茫然地看著這幅悽慘離奇的景象，一時無法解讀這場面究竟意味什麼。過了不久，他發現剛才那隻叫艾斯的狗也沾著血跡，嘴裡還不斷有鮮血滴下，於是他終於明白了，「是這隻狗咬死了女人」。而且此時艾斯已對車夫解除警戒，又開始玩弄屍體。這時他也才察覺到，屍體上不只脖子，到處都有撕咬的傷痕。

不久員警和法醫趕到現場，將被綁的小栗由次郎和證人車夫帶往警局，不料經小栗說明後，這樁離奇的慘劇才真相大白。據小栗所言，死亡的女子是藝名尾形巴里子的歌劇女演員，也是他還沒登記結婚的妻子。那天晚上，巴里子一如往常虐待他，命令他全裸躺在床上，然後用狗鏈緊緊綁住他的手腳，還用皮鞭狠狠抽打他的身體。他痛苦難捱發出慘叫聲。另一方面，十天前他們特地從上海買來德國狼犬，是一隻重達五十公斤的大型猛犬，所以栓在樓下的一個房間。那時德國狼犬聽到慘叫聲，以為主人有危險，突然掙脫鎖鏈踹破房門，衝進二樓房間便撲倒巴里子，一口咬斷她的氣管。

至於巴里子為何要虐待小栗？小栗坦言，自己是可悲的性變態者，是個被虐狂。巴里子絕非歇斯底里的女人，毋寧是為了討小栗歡心而對他施暴。此外，為何要養那麼兇猛的大狗？小栗說他本來不喜歡狗，但受到巴里子的感化，現在夫妻倆都是愛狗人士。巴里子對狗的熱愛相當專業，認為狗是婦人外出散步不可或缺的裝飾品。不牽狗散步的婦人，沒資格稱為美女。為了符合這個目的，健壯大型犬比纖弱小型犬更適合。因為越是剽悍猙獰兇猛的大狗，在散步當護衛時，越能凸顯出婦人的容姿，給人魅惑的印象。這是巴里子的一貫主張。因此她和小栗同居後，立刻買了一隻土佐犬與狼的混血犬，不料這隻混血犬罹患犬瘟熱死了，於是她又買了一隻大丹狗。但後來發現這隻大丹狗的毛色與形體和她的膚色與服裝不搭，前陣子將這隻大丹狗賣給神戶的狗店，取而代之買了這隻德國狼犬。村民經常看到她牽出去散步的是大丹狗。因為德國狼犬抵達之前，她就隨劇團去九州巡迴演出半個月，直到案發前一天下午才回來。然而這才是愛狗的八里子，竟然被狗咬死的慘劇原因。小栗和巴里子都經常親手照料猛犬，導致缺乏怕狗的意識而疏忽大意了。但小栗知道這次新買的狗性情相當兇狠，因為這段期間巴里子巡迴演出不在家，都由他日日夜夜練習馴化這隻狗。尤其巴里子回來那天，為了以防萬一，他還把狗拴在樓下的一個房間裡。不料這卻導致更壞的結果，因為直到案發之前，狗都沒機會與巴里子親近，導致把她看成虐待自己主人的惡魔。

為了慎重起見，警方也去調查了小栗家的隔間。就如前面提過的，那是一棟像文化住宅的出租房子，一樓是西式，二樓是和式。發生慘劇的地方是二樓一間八疊大的日式榻榻米房間，裡面放著一張鐵製雙人床，是夫妻倆的寢室。雖說是寢室，但也是八里子夜夜用來拷問體罰可憐奴隸的刑場。當時狗在一樓的西式房間，以鎖鏈繫著，鎖鏈的另一端綁在窗戶的格子上。但警方認為，狼犬發狂時要掙脫鎖鏈扭彎窗戶的格子並非難事，況且這個房間的門並沒有上鎖設備，而且門把可能也沒拴緊，這是小栗的疏失。總之狗衝出了這裡，跑上二樓，輕而易舉撞倒紙拉門。

除了車夫與B農家主人，歌劇團的演員，神戶的狗店，還有其他村民都以證人身分接受了調查，他們的陳述和小栗所言一致。小栗表示，希望至少能讓他親手為心愛的女人報仇，警方基於同情也答應了他的請求。於是他借了員警的手槍，當場射殺了那隻狗。事情就這樣告了一個段落。當天晚報出現了長達數段的報導，各段的標題為「被狗咬死的女人」、「歌劇女演員遭狗咬死」、「丈夫是性變態者」等等，將這對駭人聽聞的夫妻祕密公諸於世，但也只引起社會大眾五、六天的關注，後來就漸漸被遺忘了。

我想各位之中，可能有人看過，五個月後也就是同年八月中旬，兩三家報紙都在小角落登了不起眼的小新聞「裝著人偶的詭異行李箱」。這只行李箱被遺棄在神奈川縣鎌倉扇谷某私有地的雜草中，八月十五日早上被發現。員警獲報打開一看，發現一個等身大的人偶。這顯然是外行人做的拙劣人偶，只是把布和紙捲在木頭上，再以針線簡單固定，其實更接近稻草人。但唯獨頭部做得很用心，還戴上短假髮。員警從人偶的容貌，短髮，以及身上穿的華麗圖案睡衣，知道這是女性人偶。起初員警猜測，可能是橫須賀的海軍士兵在船上用來聊以自慰的東西，因為這個人偶散發著濃濃的香水味與脂粉味，打開行李蓋香味就撲鼻而來。可是有一點很怪，人偶的頸部有被凶器深深挖開氣管的傷痕，而且不是只挖一次，一定是在那個洞挖了又補，挖了又補，反覆做了好幾次。於是員警深入檢查那個地方，發現一塊如生魚片般的乾燥肉塊附著在傷痕處。檢驗結果得知，那是一塊牛肉。

至此，不需要再多做說明了吧。

只是為何小栗由次郎，不把這個行李箱一直藏在自家床下呢？還特地把它搬出來扔掉？因為行李箱裡的東西，對他不只是人偶，簡直像巴里子的屍體一樣恐怖。

只要這個人偶還在家裡，他就無法安睡。首先他想到的辦法是，就讓這個人偶放在床下，他搬去別的地方住。但這也讓他料想到非常危險的事。因此他想到第二個辦法，悄悄將這個人偶肢解，然後一部分一部分慢慢粉碎掉，或拿去扔掉。實際上他也打算這麼做，於是有一天從床下拖出這個行李箱，打開蓋子。但他根本不敢正視人偶的臉，更沒勇氣去摸她。尤其人偶散發出的香味，更是讓他害怕。那是法國科蒂的帕里斯香水，也可說是死掉女人的體臭，是她特有的氣味。若想粉碎這個人偶，他需要有膽量再殺她一次，而且這次必須親自直接動手。——於是他慌忙蓋上行李箱的蓋子。

罪行敗露時，他和一個大阪咖啡廳的舞女同居中。也就是說，日本的可里平也有妮薇。

輯二

詭麗之犯罪

犯罪進行得悄然冶豔，
宛如戀人絮語溫柔地完成。
無論再怎麼善良的人，
多少都可能有犯罪傾向……

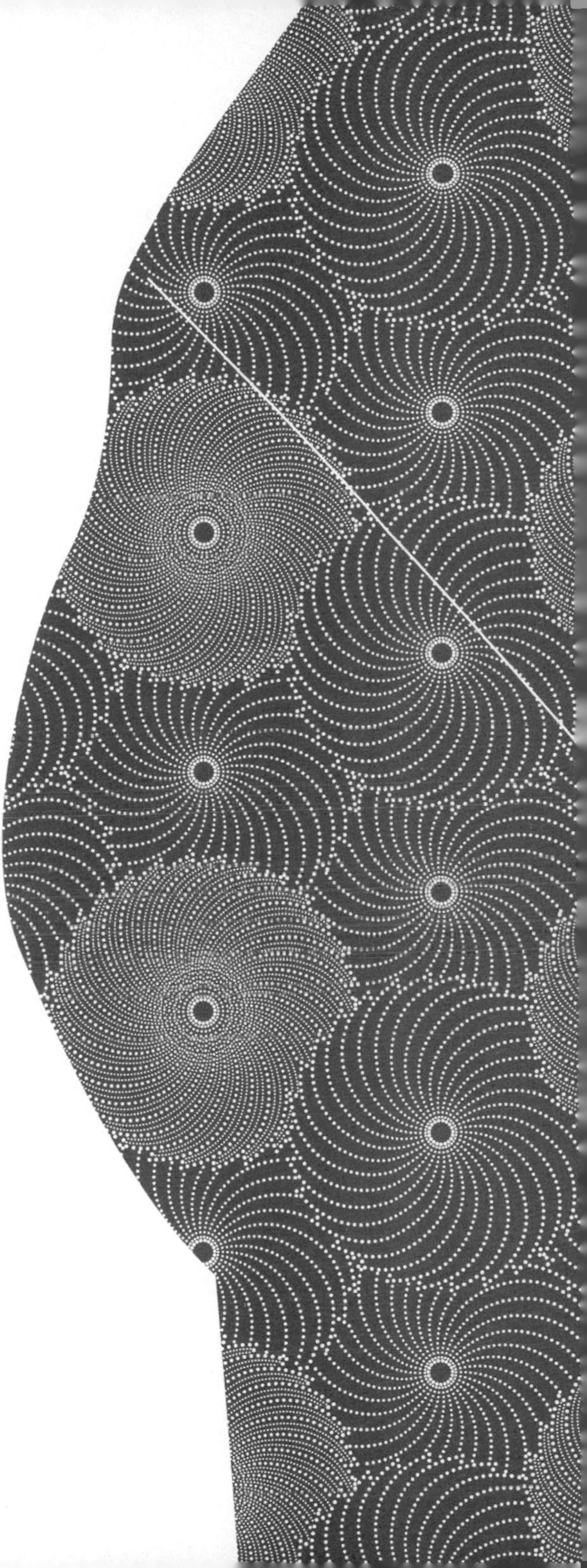

柳湯事件

那名青年造訪上野山下的S博士律師事務所，是在某個夏夜九點半左右。

當時，我恰巧在樓上的老博士房裡，與老博士對坐在一張大書桌，聽他談最近的犯罪案件，看有沒有能當小說創作的素材。寫到這裡，大家可能有所推測吧。其實博士多年來是我的小說忠實讀者，每次我來拜訪，他都非常樂意提供耳目一新的素材給我。老博士是聲望很高的刑事律師，法學造詣自然不在話下，此外在文學、心理學、精神病學等方面的造詣也頗為深厚，因此比起讀半吊子的推理小說，我更有興趣聽老博士談他多年來經手的各種五花八門罪犯祕辛。

話說回來，這名青年來敲房門時，如前所述在某個夏夜九點多。那時房裡只有博士與我兩人。博士蓄著絡腮白鬍的和藹臉上，如常漾著親切微笑，電風扇從背後吹著他寬鬆肥大的亞麻衫。我則如常倚窗而坐，窗外可見遠處上野山的常盤花壇燈光，我將手肘抵在桌上，享用餐後甜點冰淇淋，一邊和博士就近來報紙社會版吵得沸沸揚揚的龍泉寺町殺人案，聊著許多世人沒注意到的細節。可能我們聊得太投入，起初完全沒聽到那名青年上樓的腳步聲，直到傳來敲門聲，我們才感到些許意外。但博士也只是瞥了房門一眼，簡單說了一句：

「請進。」

就想繼續和我聊剛才的話題。博士可能以為是工友有事上來。我也如此認為。因為在這間事務所上班的人，大多傍晚就下班了，除了住在樓下房間的工友。都晚上九點多了，若有訪客來不可能沒人帶就直接上二樓，因此我們都以為是工友。但此時門把喀啦轉了一圈，接著傳來拖重物般的腳步聲，一個素未謀面的青年踉蹌進入房裡。

「啊，這可能是罪孽深重的罪人吧。」

這個瞬間，連我都有這種直覺，博士當然肯定早就注意到了。實際上，那時青年的表情比我在舞台劇或電影看過的更淒慘萬倍。光是他睜得大大的宛如要跳出來的黑眼珠，即使外行人看到那神色也會認為一定是異常的罪犯。博士和我不約而同臉色大變。我驚慌得差點從椅子跳起來，但畢竟博士已習慣這種場面，輕輕抬手制止我，同時以沉著謹慎的態度，目不轉睛警戒地凝視那名青年。

青年走到我們書桌前兩三步停下腳步，佇立在那裡默默瞪著我們。

「你是誰啊？來這裡有什麼事？」

縱使博士語氣柔和詢問，青年仍然怒目瞪視，沒有要立即回答的意思。不，儘管他想立即回答，也因喘得上氣不接下氣，無法說出半句話吧。從他胸部激烈的喘息與發紫的唇色，以及一頭亂髮來看，可能是一路狂奔，好不容易才逃來這裡。過了半晌，他閉上眼睛，單手貼在鼓動的心臟上，即使仍舊氣喘吁吁，也花了兩三分鐘努力讓興奮的神經鎮定下來。

這名青年大概二十七、八歲，因為穿著邋遢骯髒而顯老，但至多也不超過三十歲吧。他的身形清瘦修長，穿著灰底霜降細紋的老舊西裝，沒戴帽子，蒼白的額頭覆著稻草屑的亂髮，髒兮兮的衣領繫著波希米亞風領帶。看到他上衣肩膀沾了些許顏料汙漬，我起初推測他可能是油漆店工人，但隨即就意識到可能不是，因為以工人來說，他的長相太有氣質，再加上他留著長髮，繫著波希米亞風領帶，與其說工人，那儀表更接近畫家。這也是不容忽視的。隨著急遽的心跳平穩下來，泛紫的嘴唇也逐漸恢復血色後，他再度睜開眼睛，但眼神彷彿還在作夢般。他沒看向博士，只是微微低著頭，目光投注在桌上。桌上只放著我吃到一半的冰淇淋杯，與桌上型電話。他眼神稀奇地一直盯著冰淇淋看。我忖度，他跑得很喘想必很渴，或許希望我們把這冰淇淋給他吃吧？但這個想法稍縱即逝，下一個瞬間我立即明白我這個忖度嚴重錯誤。因為他凝視冰淇淋的眼神，與其說是「稀奇」，反倒越顯「狐疑」之色，轉眼間表情也瀰漫著難以名狀的恐懼。打個比方來說，他以彷彿想看清妖怪真面目的膽怯眼神，滿臉疑懼地盯著濃稠黏糊的冰淇淋，隨後又更進一步探頭往冰淇淋杯裡看，彷彿才終於放心般呼了口氣。而這些至少是令我費解的詭異舉止，博士只是靜靜在一旁觀察，彷如在等待這個時機般，博士再度語氣溫和地問：

「您是誰啊？來這裡有什麼事呢？」

博士剛才用「你」稱呼他，這回改稱「您」，想必也和我一樣，發現這名青年可能不是卑微的工人吧。

於是青年嚥了一口口水，還眨了眨他的大眼睛兩三次，然後猛地像感受到危險逼近般，戒慎恐懼地看向他剛才進來的門口，那惴惴不安的驚恐模樣，彷彿有可怕的人緊追在後。

「呃，真的很抱歉，沒人帶領就貿然上來這裡……」

青年說完後，終於慌忙低頭，草率行了一禮。

「您是……不好意思，請問您是S博士嗎？我叫K，住在車坂町，是個畫家。剛才去了前面的澡堂，回程來您這裡……」

原來如此，青年右手拿著毛巾與肥皂盒。看來他是穿西裝去澡堂，身上就這麼一套衣服，連換穿的浴衣都沒帶吧。儘管如此，除了長髮的髮梢飽含水氣，無論手或臉都沒有泡過澡的水潤光澤與清爽感。

「……今天我必須見您一面，所以從澡堂一路拚命跑來。當然也想請這裡的人通報帶我上來，偏偏很不巧的我沒看到任何人……再加上我太過驚慌，不由得就未經同意貿然上來。失禮之處，容我在此向您鄭重道歉。」

儘管青年的談吐已稍顯鎮定，但在眼中帶著不安之色的表情，絲毫不見消退，反倒越急著鎮定下來，精神上的亢奮就越明顯。他將拿在右手的肥皂盒放進口袋，以雙手擰著濕毛巾，以沙啞到幾乎聽不見的聲音，快速說完這段致意之詞。

「這麼說，你是有急事找我囉？來，在那邊坐下，慢慢說給我聽。」

博士勸坐後，看了我一下，繼續對他說：

「這位先生，是我極其信任的人，所以你完全無需擔心，有什麼事儘管說。」

「好的，謝謝您。其實我有件事想懇求您聽我說，可是在那之前，我無論如何都必須拜託您一件事。今晚，我說不定已經犯下了殺人重罪。我說說不定，是因為我無法確實判斷我是否真的殺了人。剛才，我聽到很多人指著我說『殺人犯！殺人犯！』。我沒理會那些指控就急忙逃到這裡來，搞不好我在說話的時候，馬上就有人追來了。可是我又重新想了一下，這些可能都是無跡可尋的夢境，只是我的幻覺而已。若說我今晚真的殺了人，實在有太多不合理的地方，況且我是個常有幻覺的人，長期飽受幻覺之苦，所以今晚的事件，究竟到哪個部分是真的，我自己也一頭霧水。或許真的有人被殺，但說不定兇手不是我。又或許打從一開始就沒人被殺。而我聽到有人大喊『殺人犯！殺人犯！』的聲音，以及有人在後面追我，說不定也都只是我的錯覺。我絕非為了逃避自己罪行而說這種話。我會當著博士的面，全盤托出今晚的事件，請您判斷我是否是個惡行重大的罪犯。倘若今晚的殺人事件屬實，而且兇手是我，我也想拜託博士為我證明，我並非十惡不赦之徒，我所犯下的罪行都是幻覺作祟所導致的。所以我想懇求您，萬一有人追到這個二樓來，在我把話說完之前，請不要把我交給警方。我想先拜託您的就是這件事。像我這種病態的人，若在不可抗力的威脅下犯了罪，能夠理解這種心理並為我辯護的，我相信除了博士再也沒有別人了。即使沒有今晚的事件，我也很早就想來拜訪您。不知道您是否能答應我現在提出的請求？事情的經過可能說來話長，在我說完之前，能不能請您讓我躲在這裡？當然等我說完之後，如果我確實有罪，我發誓我會果敢地去自首……」

青年一口氣說了這些後，戰戰兢兢地看向溫和中帶著凌厲眼神的老博士面容。在這個當下，博士的表情顯得格外嚴峻，露出與頭腦清晰學者相符的品格與權威，然後目不轉睛熱切地端詳青年。我猜，不管這青年是否是罪行重大的罪犯，博士應該都不會懷疑他是個正直的年輕人吧。過了半晌，博士展現寬大的態度，對青年如此說：

「好的，在你說完之前，我會保護你的人身安全。現在你情緒似乎很激動，先讓自己冷靜下來，好好把話說清楚。」

「啊，實在太感謝您了。」

青年帶著感傷的口吻說，然後終於坐在博士勸坐的椅子上，與我們兩人圍著書桌而坐，緩緩地娓娓道來。

「要說今晚發生的事，我還真不知從何說起，這件事究竟始於何處，從何時開始，我真的越想越複雜，總覺得必須回溯到很久以前的問題才有辦法說清楚。真要詳說今晚事件的性質，恐怕必須在此毫不保留地披露我至今的人生。或者說，如果不連我的生平和雙親的特徵都詳細說明就不夠充分。可是我真的沒有餘裕冗長地陳述這種事情，因此我就簡單地說明我十七、八歲以來罹患的嚴重精神衰弱，以及我現在以油畫為業，雖說是職業但說來慚愧，我的繪畫技術拙劣，因此過著極其貧窮的生活。只要先了解這些背景，再聽我說接下來的事端，我想博士您至少就能明白，我所目擊到的詭異世界與我經歷的苦悶性質，究竟是怎麼回事了。

我的住處就如剛才所言，位於車坂町，在路面電車道的後方，一座名為正念寺的淨土宗寺院境內。我在那裡租了一間長屋，去年年底和某個女人開始同居於此。那個女人，是的，就親密程度而言，稱妻子也無妨，可是我和她的關係與一般夫妻關係很不同，所以還是姑且稱她某個女人吧。不，比起這個，我決定直接稱她的名字瑠璃子。因為事情繼續說下去，我必須經常提到她。

坦白說，我因為瑠璃子的緣故，而瑠璃子也因為我的緣故，才會落得今天如此貧窮的境地。事到如今我並不後悔，但瑠璃子似乎有很多不滿。她還在日本橋當藝伎時，如果沒和我這個像流氓的人私奔，現在想必已被哪個大人物贖身，過著不愁吃穿的生活吧。這種想法始終煩躁地盤據在她心頭。如今我依然瘋狂地愛著她，可是她生性淫蕩多情，似乎早就厭倦我了。她常故意找我吵架，然後氣呼呼地跑出去，或是明明沒事也去找男性友人，直到深更半夜還不回來。我是個嫉妒心很強的人，光是這點就讓我很火大了，她還會做出其他老是打翻我醋罈子的事。這種時候，我幾乎就是真正的瘋子。我自己也知道自己發瘋的樣子有多恐怖。有時候火氣一上來，我會一把抓住她後腦勺的頭髮，像陀螺一樣把她拖過來甩過去，發狂對她拳打腳踢，好幾次都差點把她打死。但瑠璃子也不是會因此就畏怯的弱女子。我也曾在她面前雙手合十，把頭磕在榻榻米上，跪地哀求她與我和睦相處。可是我這種態度，到頭來只是加劇她的傲慢與任性。當然，她會變成這樣，我也不能說我沒有責任。除了神經衰弱，我去年還罹患了嚴重糖尿病，因此儘管有心疼愛她的肉體，怎奈心有餘而力不足，我已經越來越無法滿足她的生理慾求了。我想這一定也是加深我們感情惡化的重大原因。實際上，對她這種健康又多情的女人來說，這或許是難以忍受的苦惱。因此不知不覺中，原本以健康為傲的她，竟也逐漸越來越歇斯底里，動不動就發脾氣，變得焦躁易怒。看到她原木閃耀著活力光輝的櫻粉色臉蛋，逐漸變得蒼白消瘦憔悴，我雖然心疼但也同時覺得愉快。我的心態已經變得如此頹廢病態了。但瑠璃子的歇斯底里更以加倍的氣勢襲來，對我的神經衰弱帶來更惡劣的影響。我想博士您可能知道，糖尿病這種病和神經衰弱的關係有多密切。此外我想您也知道，胖子罹患糖尿病還不是那麼可怕，可是像我這種瘦子罹患的糖尿病，都是極其惡件的。至於我的情況，我也不知道是糖尿病加劇了神經衰弱，或是相反，究竟誰先誰後也不得而知，總之這兩種病交互影響雪上加霜，一天天腐蝕折磨我的身心。我不斷死心眼地揣想瑠璃子的事，在腦海描繪各種幻想，備受幻覺攻擊，無論睡著或醒著都彷如置身詭異的夢中。其中最痛苦的是，擔心我被瑠璃子殺掉的這種恐懼。儘管如此，我對藝術尚未完全絕望，即使耽溺於瑠璃子的愛，我也不斷祈願，既然誕生在這世上就要活得有點價值，至少要留下一件偉大的作品再死。不管過著多麼墮落頹廢的生活，我是個堅信唯獨藝術生命不朽的人。要是我不幸被那個女人殺了，我在這世上存在過的痕跡，將會永遠消失。這是我最害怕的事。可能我整天都提心吊膽在想『今天會被殺呢？還是明天會被殺呢？』，因此始終遭驚悚的幻覺威脅。會不會半夜醒來，看到瑠璃子悄悄騎在我身上，以鋒利閃亮的剃刀抵著我的咽喉，鮮血從我的眉間滴滴答答流淌而下，或是在我睡衣領子塗上詭異的麻醉藥，每想到這些我常常都快昏厥了。雖然我如此擔心害怕，但實際上瑠璃子卻不曾以暴力反抗我。儘管她是個性乖僻又無情的女人，但每次遭我毆打，她都只是像死人一樣疲憊不堪，嘴角掛著諷刺的微笑，任憑我對她拳打腳踢。可是她這種態度，只會讓我的心更加狂暴，更加殘忍。看著她一直忍耐，滿不在乎且毫不畏懼的表情，我真的越看越害怕。偶爾她擺出異常溫柔的態度，我反而會警戒。就連她端來的一杯酒、一杯開水，我都不敢隨便喝下去。後來我甚至會想，與其被她殺掉，不如先下手為強殺了她比較保險。結果不是我被殺就是她被殺，不管怎樣我已經清楚感受到一個事實，我們倆之間已經醞釀著血腥犯罪。

這次的秋季畫展，我原本打算畫一幅她的裸體畫送去參展，但在這種情況下，我的工作當然沒有進展。從上個月底開始，我們就幾乎每天吵架，我根本沒時間提筆作畫。我的腦袋本來就有病，再加上工作不順自暴自棄，使我的生活更陷入絕望。這半個月來，我簡直像在做日課般，只是重複地毆打她，溺愛她，崇拜她，哀求她。在一天裡面，我對她的感情，就像貓眼變幻莫測。前一秒還想用力摔死她，下一秒卻猛撲上去抱住她潸然落淚。如果這樣她還不聽話，我就又對她拳打腳踢。每次這樣大戰之後，她一定會跑出去，可能半天可能一天，有時直到天亮都不回家。我就這樣孤零零被留在家裡，已經沒力氣哭泣或發怒了，只能抱著麻木的頭，失魂落魄地躺著，恍恍惚惚等待時間過去。

就在四、五天前，我們又大戰了一次，而且比平常吵得更兇。我甚至自暴自棄地想，如果我會變成瘋子那就瘋吧，因此變得更加殘暴，出手毫不留情。那天我們從傍晚吵起，一直吵到晚上九點，我把她打得半死不活。她披頭散髮，碰的一聲倒在簷廊地板上，我斜眼看了她一眼就衝出家裡，在街上四處亂走。為什麼我會衝出家裡，因為我猜瑠璃子等一下一定會跑出去，我討厭看她棄我而去，所以想先發制人，自己先跑出去。我已經記不太清楚當時去了什麼地方，怎麼去的，只記得穿過上野的黑暗森林，從動物園後方走到池之端時，我逐漸清醒嘆了一口氣。可能我發熱的頭腦想接觸一些冷空氣比較舒服，不知不覺往人煙稀少的地方走去吧。從那裡走過納涼博覽會[1]前面，渡過觀月橋來到上野方向時，我已經恢復理智，大概知道自已的處境。但也可能因為過於狂暴，宛如被人從高處扔下，渾身發痛。而我的意識仍處於半醒半夢，顯得朦朧不清，腦子裡也好像被暴風雨刮過，生而為人的感情已經絲毫不剩。即使因為剛才吵架被打得半死的女人身影，宛如遠處傳來的聲響不時浮現在我腦海，可是就算一直盯著那個身影看，我也沒有愛憐或難過之情。後來我走到一條人聲鼎沸、燈火通明的大街上，霎時不解，咦？我來到什麼地方啊？定睛一看，原來是廣小路的路面電車道。放眼望去盡是夜市商店林立，我在乘涼人群中擠來擠去，漫無目的亂走。那天晚上可能是摩利支天[2]的祭典廟會日吧，要不然就是星期六晚上什麼的，來博覽會玩的人很多。那裡平常就很熱鬧，可是那晚的人潮多得像垃圾般特別擁擠。總之看在我眼裡，那街景真的非常熱鬧。熱鬧的程度多少使我眼花撩亂，但絕非是那種擾亂我腦髓的喧囂，而是宛如聽交響樂般，有種華麗開朗的美好快感。我的個性通常不愛這種人潮像垃圾擁擠的地方，可能那天晚上我神經錯亂才會有那種感覺吧。那些在我身旁吵嚷移動的各種路人、色彩、聲響、光線等等，沒有一個在我腦中留下清晰的印象，只是像幻燈片朦朧地流過，才會給我如此輕盈的感受吧。一定是這樣。打個比方來說，那種心情就像我獨自站在可怕的高處，俯瞰世間的紛擾雜鬧。我想很多人都有這種經驗吧，小時候挨母親罵或什麼的，邊哭邊跑到大馬路上，因為淚眼婆娑看不清楚，覺得馬路上的景色看起來好像很遠。那天晚上，我看到的就是這種光景。

然後……沒錯，大概過了三十分鐘吧，我從廣小路依序走向車坂的家，當然那時我並沒有堅定的意志要回家，說不定走到一半又想轉往淺草公園。後來我在車坂車站右轉，沿著電車路面走了十公尺左右，看到左邊有一間叫柳湯的澡堂。博士您也知道這間澡堂吧。我走到這間澡堂前面的時候，心想進去泡個澡吧。我要先說明一下，我一直有個習慣，每當心情煩躁就會去澡堂泡澡。對我來說，精神的憂鬱和肉體的不潔是完全相同的感受。心情鬱悶時，我也會覺得體內累積的汙垢發出惡

1 日本各地都有舉辦納涼博覽會的慣例，結合娛樂設施與納涼消暑活動，吸引民眾前來消費娛樂。

2 摩利支天，在佛教的造像中，摩利支天一般呈現天女形像，在日本被稱為陽炎女神。因其法力無邊，日本武士相信摩利支天能給他們帶來武運昌隆，極受日本武士的信仰，並奉為守護神。

臭。心情極度鬱悶時，不管去澡堂怎麼洗怎麼泡，都覺得身體的汙垢和惡臭不易脫落。這麼說好像我一年到頭都泡在澡堂似的，聽起來像有潔癖的人，其實我大多時間都沉鬱到連去澡堂的力氣都沒有。習慣了長期精神憂鬱的結果，我反倒能享受肉體的不潔。那是一種難以言喻的倦怠懶惰，像是溝泥般混濁的感覺，我甚至對這種感覺產生了依戀。可是那晚走到澡堂前，我忽然心想，進去泡個澡吧，儘管只是暫時的，也能讓我這半個月的黯淡心情稍稍開朗些吧。

對於澡堂或理髮店，我向來沒有固定去的店家。我習慣在路上走著走著，心血來潮看到店家就走進去。所以請您這麼想，那天晚上，我也是剛好口袋裡還有十塊錢，看到柳湯就隨意走進去了。進去以後我才發現，我從來沒有來過這間澡堂。不，坦白說，直到那天晚上經過之前，我沒注意到那裡有間澡堂，但也有可能我曾經注意到，可是那時完全忘記了。在此我還得先聲明一件事，我從家裡跑出來大概九點多，之後不曉得過了幾個小時，我覺得至少有三小時吧，雖說是夏天的夜晚，可是都那麼晚了，澡堂裡卻像天剛黑時那麼擁擠，室內布滿水蒸氣，整個朦朦朧朧的，看不清浴場究竟有多大，沖洗區的地板和水桶都滑溜溜的，感覺是不太乾淨的澡堂。也有可能是已經深夜時分，有很多人都來洗過澡了，才會變得這麼髒。可是不管怎麼說，客人實在太多，連要拿到一個小桶子都很花時間。說到浴池裡的擁擠就更誇張了，簡直擠爆了。裸身的客人擠得像待洗的芋頭，像是隨時伺機想從肩膀與肩膀的空隙擠進去，我旁邊就有五、六個人抓著浴池邊緣嚴陣以待。我目瞪口呆了片刻，然後以租來的毛巾舀起熱水沖洗背部，後來發現浴池正中央空出一塊小地方，我就硬往那裡擠過去。浴池的水溫溫的，像唾液一樣黏黏的，帶著骯髒的臭氣撲鼻而來。我周圍浴客的臉和皮膚都顯得朦朧，這讓我想起法國畫家卡里爾的畫，覺得這裡漂浮著無數幻影。剛才我說過，我要擠進去的地方是浴池正中央，所以除了迷濛的水蒸氣，我幾乎什麼也看不到。看向天花板是水蒸氣，看向前方也是水蒸氣，左邊右邊都是水蒸氣，甚至離我很近的五、六個人，他們的輪廓看起來也模糊得像幽靈。如果沒有男湯和女湯兩邊的人聲沸騰，也沒有水蒸氣瀰漫的高聳圓屋頂的回音雜聲，再加上裹著我身體的微溫洗澡水的感覺，要是這些東西都沒有的話，我就和進到濃霧籠罩的深山谷間沒兩樣吧。然而實際上，這也和我在廣小路的人潮裡徘徊一樣，彷彿被誘進一種奇妙孤獨，如夢境般愉悅，不可思議的氛圍裡。

泡進浴池裡後，我更強烈地感受到，這間澡堂真的很不乾淨。無論是浴池的邊緣或底部，還是裡面的洗澡水，都有一種黏黏滑滑的感覺，就像含在嘴裡吮吸的東西一樣黏糊。我這樣形容，好像讓我覺得很不舒服，其實我並沒有那麼討厭這種感覺。在此，我必須坦白我有一種異常的怪癖，不知為何，我生性愛摸滑溜溜的東西。

例如蒟蒻就是一種。我從小就特別喜愛蒟蒻，未必是因為好吃，就算不把它放進嘴裡，光是用手摸它，或是單純看著它滑溜的抖動感，就是一大享受。此外還有涼粉、麥芽糖、軟管牙膏、蛇、水銀、蛞蝓、山藥泥、肥女的肉體等等，不管是不是能吃的東西，這些都能挑起我的快感。我愛上繪畫，可能也是對這種東西的眷戀之情越來越高漲之故。您只要看過我畫的靜物就能明白，像溝泥般那種黏黏糊糊的物體，或是麥芽糖那種黏黏滑滑的物體，我都畫得特別好，因此朋友還幫我取了個封號叫『黏滑派』。我對黏滑物體的觸覺特別敏銳，例如芋頭的黏滑、鼻涕的黏滑，或是腐爛香蕉的黏滑，我閉著眼睛用摸的都能立刻猜出來。所以那天晚上，泡在有點髒又黏滑的洗澡水裡，踩在黏滑的浴池底部，毋寧讓我感到一種快感。就這樣泡著泡著之際，我的身體也奇妙地黏滑起來，在我附近泡澡的人，他們的身體也都像這洗澡水泛著黏滑的光澤，害我都很想去摸一下。可是當我這麼想的時候，忽然覺得腳底踩到了更黏滑的物體，有種紫菜般的滑溜，又帶著鰻魚般的蜿蜒，感覺像踏進古沼中，踩到了一隻青蛙屍體。我用腳尖去碰碰那黏滑的東西，不料它卻像海藻般纏上我兩隻小腿。不久一個更滑溜的流動塊狀物，忽然撫過我的腳背。起初我以為是皮膚病患者的藥膏或外用藥之類的東西，和繃帶一起沉入浴池底部溶化了。可是探索了片刻，我發現那不是個小東西，踩著這個流動物體走了兩三步後，覺得黏滑的程度越來越濃，最後如橡膠般沉甸甸的物體，在我腳下黏滑而有彈性地隆起。這個如橡膠的物體，表面覆著一層像痰的黏液，就算用力踩下去也會滑掉。可是我不死心又踩了一腳，這個沉甸甸的物體居然膨脹得更高，有些地方凹下去，但不久又開始隆起。全長大約有一百八十公分，在水底不斷扭動漂移。這實在太詭異了，我想用手把這個物體撈起來看看。可是瞬間，我腦海閃現一個恐怖的聯想，不由得驚恐地縮手。那個纏住我小腿像海藻的東西，該不會是女人的頭髮吧？這個想法霎時閃過我的腦海。……女人的頭髮？沒錯，那確實是纏在一起的女人長髮。

而那個如橡膠沉甸甸的東西，一定是人類的肉體。那是一具漂蕩在浴池底部的女人屍體……

不，我想了想又覺得不可能，怎麼會有這麼荒謬的事。現在這個浴池裡，除了我不是還有很多人嗎？大家的表情都很正常啊。可是那滑溜溜的東西依然纏著我的小腿，腳下沉甸甸的東西也在膨脹。我是個觸覺異常敏銳的人，即使是腳掌的觸覺也不可能誤判。對我而言，這已經無庸置疑，一定是人類，而且是女人的屍體。儘管如此，為了慎重起見，我從頭到腳再度踩了一遍，果然是女人的屍體無誤。起初有個像頭一樣圓圓的東西，然後是凹下去的細長頸部，接著又高了起來像山丘隆起的是胸部，然後是乳房，腹部，雙腿，毫無疑問具備了人類的型態。當然我也懷疑自己是不是在作夢？如果不是在作夢，不可能會有這麼詭異的事。我現在到底在哪裡？可能蓋著棉被在睡覺吧？我這麼想著，轉頭看看四周，結果依然籠罩著朦朧的水蒸氣，依然聽到人聲嘈雜，附近兩三個泡澡的人，輪廓模糊宛如幻影。那個迷濛的水蒸氣世界，朦朧地帶著淡淡的灰白，完全恍如夢境。因此我也認為，這是夢，這是夢，這一定是夢。不，坦白說，我多少有些半信半疑，可是我狡猾地硬要把它當作夢。我在心中暗自祈禱，如果是夢就不要醒，讓我看更多夢境裡不可思議的光景，讓這個夢成為更有趣、更不合理的夢吧！如果是夢，通常會祈禱快點醒來，這是人之常情，但我恰好相反。我認為夢是很有價值的，對夢寄予深深的信賴。說得極端一點，比起現實，我是個把夢當作根基在生活的人。所以就算領悟到這是夢，也不會突然失去真實感。作夢，就跟吃美食穿華服一樣，有種現實的快樂。

因此，我帶著貪戀夢境樂趣的心態，繼續用腳去把玩那具屍體。偏偏很不幸的，這個樂趣並沒有持續很久。因為我不久就發現了一個使我無法再當作一場夢的恐怖事實！我腳掌敏銳的觸覺……啊！這是多麼該受詛咒的致命觸覺！我的觸覺不僅讓我知道那是一具女人屍體，甚至連那個女人是誰都告訴我了！那個宛如昆布滑溜纏著我小腿的頭髮，那髮量多得驚人又豐盈，而且像微風輕柔的頭髮，這不是她的會是誰的呢？我之所以愛上她，最初就是因為這頭髮。我怎麼可能忘記？不僅頭髮，還有那像棉花般柔軟，像蛇一樣滑溜的肉體，以及那宛如抹了葛粉湯黏滑光潔的肌膚，這不是她的會是誰的呢？然後我以腳尖碰觸了鼻子的輪廓、額頭的形狀、眼睛還有嘴巴，那種感受彷彿親眼看見歷歷在目。沒錯，不管怎麼說，不管想怎麼敷衍過去，這都是瑠璃子沒錯。瑠璃子已經死在這裡。

那時，這間澡堂的詭異現象暫時得到了解決。我果然不是在作夢。我遇見了瑠璃子的鬼魂。通常鬼魂會威脅人類的視覺，但我的情況是威脅我的觸覺。我覺得我一定碰觸到她的鬼魂了。我衝出家門之前，把她打得半死不活。我猜那時我一定失手打死她了。她倒在簷廊上就沒有要爬起來的樣子，其實那時她已經死了。然後現在化成鬼魂出現在這個浴池。如果不是鬼魂，那麼多人在泡澡，不可能沒人發現。我終究殺人了！我總有一天會犯的罪，終於在今晚犯了！當這個想法湧現心頭，我嚇得立刻衝出浴池，身體沒洗乾淨就逃到馬路上。外頭依然熱鬧，納涼的人群依然絡繹不絕，電車一輛輛呼嘯而過。彷彿在證明，除了我之外，這個世界沒有任何變化。

倒臥在簷廊的瑠璃子身影，和沉在浴池底部黏滑的屍體觸感合而為一，烙印在我腦海裡。接下來兩三個小時，直到深夜的街頭寂靜無聲，我是如何帶著慘澹的心情，漫無目的在路上徘徊，我想無須詳細說明，您大概也能明白吧。後來我決定確認這件恐怖事件的真相，如果我確實犯了殺人罪，我也決心明天一定坦然去自首。

儘管除了我之外，這個世界沒有任何變化，至少我無法不相信瑠璃子已不在人世。實際上，我相信她已不在人世是極其自然的。要是瑠璃子還活著，沉在浴池底部的屍體不是她的鬼魂，這反而不自然。

然而，那晚我深夜回家一看，瑠璃子居然還活著。以往，吵架後她都會跑出去，可能那晚被我揍得太慘，根本沒力氣動了。她依然和我離開的時候一樣，不醒人事趴倒在簷廊上，散亂著一頭豐盈秀髮。但是！她確實還活著。雖然其實我也想過，這個可能也是鬼魂吧。到了隔天，天亮後，瑠璃子確實依然在我身邊。當然我沒跟她說澡堂的事件，也沒跟任何人說。如果世上真的有生靈這種東西，那昨晚那個一定是生靈。我也這麼想。雖然以前我看過很多詭異的幻覺，可是把昨晚的屍體也當作單純的幻覺，未免太不可思議了。除了我之外，其他人也有過如此不可思議的幻覺嗎？

從那之後，一直到今晚，我連著四個晚上，都在同樣的時間去那間柳湯澡堂。結果您猜怎麼樣？那具屍體居然每晚都在那個浴池底部，依然滑溜黏糊地漂動，還會舔我的腳底。而且澡堂總是人潮擁擠十分嘈雜，沖洗區被水蒸氣籠罩得朦朦朧朧。如果只是這樣還好，最後我終於忍不住了。以前我只是用腳尖去碰觸，今晚我豁出去將雙手伸進屍體的腋下，硬是把她從水底拉上來。結果！我猜的果然沒錯，那確實是她的生靈。她的身體泛著滑黏的水垢光澤，眼睛和嘴巴都張得大大的，拖著像黑色海藻般的潮濕頭髮，浮在水面上的死人臉，毫無疑問是瑠璃子的臉。……我慌忙再將屍體壓進水底，幾乎不顧一切地爬出浴池，趕忙穿上衣服就要往外逃。就在此時，浴場內一片騷動，許多原本氣定神閒在洗澡的人，突然一起站起來大喊：『殺人犯！殺人犯！』我還聽到有人說，『就是他！就是他！就是那個現在穿西裝要出去的傢伙！』我真是嚇壞了，連著跑過好幾條彎曲巷弄，一路狂奔到這裡……

我要說的只有這些，但我絕對沒有說謊。起初我以為這是個夢，後來懷疑是鬼魂，最後我相信那是生靈。可是看到今晚那一大群人的騷動，我已經不認為是生靈或鬼魂了，那真的是她的屍體吧？我真的如他們說的是『殺人犯』吧？如果是真的，那我究竟在什麼時候，用什麼手段殺死了她？難道我像夢遊症患者，在不知不覺中犯下了這種滔天大罪？可是她的屍體又怎麼會沉在浴池底呢？這具屍體從前幾天就在那裡，為何到今晚之前，沒有其他人發現呢？還是說，這幾天直到今晚發生的事，都只是我的幻覺？我真的變成神經錯亂的瘋子了嗎？……博士，請您為我說明這樁詭異的事情。就算我真的犯罪了，也請幫我向法官證明，我所陳述的句句屬實。今晚我衝出澡堂時忽然想到，博士您一定能理解我這不可思議的處境，所以就貿然上來拜託您了。」

這位青年的告白到此為止。S博士聽完後，對青年說：「我得帶你回柳湯看看，否則無法明白真相。」可是博士還來不及保護這名青年，幾位循線追來的員警便衝進事務所，立即將他帶走了。根據員警對博士所言，這名青年今晚在浴池裡忽然緊抓一個男人的要害，使其致死。遇害的男人，霎時連聲音都發不出來就斷氣了，沉到浴池底部。那種死法實在太短促，澡堂又人多嘈雜，加上籠罩著水蒸氣，大家起初都沒注意到。直到這青年將屍體拉上來，被一個浴客看見，叫大家去追他，才引起騷動。

青年的情婦瑠璃子，當然沒有被殺，後來以證人身分傳喚到法庭。擔任這起案件的辯護律師S博士跟我說，她在法庭上的陳述，足以證明青年是個奇怪的瘋子。

亦即，對於青年平常的行為，她是這麼說的。

「我之所以討厭他，絕非因為他不工作，也不是我已經有別的男人。而是他的瘋狂一年比一年更激烈，讓我非常害怕。最近他總是對我提出奇怪無理的要求，還會以莫須有的罪名為難我，虐待我，折磨我。不過他折磨我的方式也很妙，例如他會把我壓在地上，用海綿吸滿肥皂泡把我的臉刷得黏黏的，或是把布海苔[3]潑在我身上，然後踢我踹我，要不就把油畫顏料灌進我的鼻孔。總之他始終用這種愚蠢的行徑折磨我。如果我乖乖當玩具讓他玩，他就很高興，要是稍微有點不悅，他就立刻發飆對我施暴。因為這些事情，我實在很討厭跟他在一起。」

她不像青年所描述的是個淫蕩多情的女人。以S博士的觀察，毋寧是個有點濫好人，遲鈍且正直的女人。

不久，那名青年被送進瘋人院取代入監。

---

3 布海苔，又稱海蘿，俗稱膠草，為海藻的一種，極具黏性。

途中

這是東京T．M股份有限公司的員工法學博士湯河勝太郎，於十二月底某個傍晚五點多，沿著金杉橋的路面電車道散步，往新橋方向走去所發生的事。

「先生，不好意思，請問您是湯河先生嗎？」

就在他橋過了一半多，有人從後面喚他。湯河轉身一看，只見一位素昧平生但儀表堂堂的紳士，客氣地摘下圓頂禮帽行禮致意，走到他面前來。

「是的，敝人是湯河……」

湯河露出生性憨厚老實才會有的慌張失措，眨了眨小眼睛，如同面對公司董事時的態度，戰戰兢兢地說。由於這位紳士儀表堂堂完全像公司董事，因此湯河看到了第一眼，便收起「在路上喊人真是沒禮貌的傢伙」這種不悅情緒，不知不覺露出上班族的卑屈姿態。這位紳士穿著海瀨皮領、如西班牙犬毛茸茸的黑色玉羅紗[1]大衣（大衣裡穿的可能是日間正式大禮服），下半身則是條紋長褲，手持象牙把手的手杖，膚色白皙，年約四十，身材微胖。

「我知道突然在這種地方叫住您，相當失禮，這是我的名片。是這樣的，我拜託您的朋友渡邊法學士寫了一封介紹信，剛才去了貴公司想拜訪您。」

紳士說著遞出兩張名片。湯河收下名片，拿到街燈下細看，其中一張確實是他摯友渡邊的名片，上面有渡邊親筆寫的字：「向你介紹我的朋友安藤一郎，他是和我有多年交情的同鄉，因故需要調查你們公司某位員工的身世背景，請惠予同意見面。」另一張名片印著「私家偵探安藤一郎　事務所　日本橋區蠣殼町三丁目四番地　電話浪花五〇一〇號」。

「那麼，您是安藤先生──」

湯河站在原地，再度細細端詳這位紳士。「私家偵探」在日本是罕見的行業，但湯河也知道東京開了五、六家，不過今天還是首度親眼看到。儘管如此，他覺得這位日本私家偵探，比西洋的更有派頭多了。湯河很喜歡看電影，常在西洋電影看到偵探角色。

「是的，在下安藤。誠如名片上寫的，有事想請教您。很幸運得知您在公司的人事課高就，所以剛才去貴公司想拜訪您。百忙之中打擾您真的很過意不去，不知

1 玉羅紗，一種起毛的絨毛布料，刻意在表面磨出小毛球，手感輕柔。

能否占用您一點時間？」

紳士以符合他職業的語調，說得鏗鏘有力條理分明。

「別客氣，我現在已經下班了，什麼時候都方便。」

得知對方是偵探後，湯河將「敝人」改成「我」，接著繼續說：

「如果是我知道的事，我會如您所願，一五一十告訴您。可是，您想問的是非常緊急的事嗎？如果不急的話，明天再談如何？當然今天也可以，只是在大馬路上說話似乎不太好……」

「您說得是。可是貴公司明天開始放假吧，而且事情也沒重大到要去府上叨擾您。雖然給您添麻煩，還是在這一帶散散步邊走邊聊吧。更何況，您向來都喜歡這樣散步不是嗎？哈哈哈。」

紳士說完，輕笑幾聲。是那種裝模作樣政治家常用的豪邁笑法。

湯河明顯擺出一臉為難。因為他口袋裡裝著剛從公司領到的月薪與年終獎金。這對他不是一筆小錢，正暗自沉浸在今晚的幸福感裡。他打算接下來去銀座，買妻子央求他買的手套與披肩，買下那件與她時髦臉蛋很搭的毛料豐厚紮實毛皮披肩，早點回家討她歡心。他邊走邊想著這件事時，就被安藤叫住了。他覺得這個姓安藤的陌生人，不僅毀了他愉快的想像，也害他今晚難得的幸福有了裂痕。姑且不論這些，明明知道別人喜歡散步，還從公司追過來，就算是偵探也是討厭的傢伙。為何這人會知道我的長相呢？湯河想到這裡更不高興了，況且肚子也餓了。

「不知您意下如何？不會耽誤您太多時間，能不能一起走段路？在下是想問某人的身世背景，這種事在公司談會引人側目，在大馬路反而比較方便。」

「這樣啊。那就一起走段路吧。」

儘管無奈，湯河仍和紳士並肩往新橋走去。畢竟紳士說的有理，而且湯河想到，如果明天他拿著名片找到家裡來也很麻煩。

舉步開始走之後，紳士——偵探便從口袋掏出雪茄來抽，而且接下來走了一百多公尺，他就只是一直在抽雪茄。湯河覺得好像被耍了，當然也開始有些不耐煩。

「請問，您想打聽什麼事呢？您說要問我們公司員工的身世背景，是哪一位員工呢？只要我知道，我都會告訴您。」

「您當然　定知道。」

紳士又默默抽了兩三分鐘雪茄。

「我猜，是不是哪個男人要結婚了，所以要對他進行身家調查？」

「是的，沒錯。您猜得很準。」

「我在人事課工作，常遇到這種事。那個人究竟是誰？」

湯河表現出至少對這件事感興趣的樣子，好奇地問。

「這個嘛，究竟是誰呢？您這麼問，在下反而有點難以回答。其實那個人就是您。有人委託在下對您做身家調查。這種事與其間接問別人，不如直接問您這個當事人比較快，所以就來問您了。」

「可是我……或許您不知道，我已經結婚了喔。會不會是哪裡搞錯了？」

「不，沒有錯。在下知道您有太太，可是您還沒完成法律上的結婚手續吧？而您想在近日早點完成手續也是事實吧？」

「哦，這樣啊，我明白了。所以是我內人娘家那邊，委託您來調查我吧？」

「基於職業倫理，在下實在不能告訴您是誰委託的。您心裡大概也有數吧，這就請您別再追問了。」

「好啊，沒問題。這一點都無所謂。只要是我的事，什麼都儘管問。與其去向別人打聽，不如直接問我，我也比較舒坦些。我很感謝您採取直接來問我的方式。」

「哈哈，居然還被您感謝，實在愧不敢當。——我（紳士也收起「在下」的謙稱，開始自稱「我」）向來都採取這種方式做婚前調查。只要對方是相當有人格、地位的人，直接問當事人準沒錯。況且有些問題必須問當事人才知道。」

「沒錯！您說得太對了！」

湯河開心地贊成。不知不覺中，他的心情也變好了。

「不僅如此，對於您的婚姻問題，我也寄予相當的同情。」

紳士瞄了一下湯河開心的表情，笑著繼續說：

「為了讓夫人入籍到您的名下，夫人也必須早日跟娘家和解才行。要不然就得再等上三、四年，直到夫人年滿二十五歲才能成婚。但是要和解，問題不在夫人，而是要讓夫人的娘家了解您。這才是最重要的。我也會盡力幫忙，也請您為了達成這個目的，如實回答我的問題。」

「好的，這樣我就明白了。您儘管問吧。」

「那麼，首先我想請問，您和渡邊是同一屆的同學，所以大學畢業是大正二年吧？」

「是的，我是大正二年畢業。然後畢業就立刻進入這間T・M公司。」

「這樣啊，畢業就立刻進入這間T・M公司。這我知道，那您與前妻結婚是在什麼時候呢？據我所知，好像跟進這家公司的時間差不多吧？」

「是的，沒錯。我進公司是九月，然後下一個月，也就是十月結婚的。」

「大正二年的十月……（紳士說著，右手掐指計算）這麼說，你們共同生活了五年半吧。因為您的前妻傷寒過世，是在大正八年的四月。」

「是的。」

湯河感到不可思議地暗忖，「這個人說不會間接調查我，其實已經做了各種調查。」於是他再度露出不悅的表情。

「據說您非常疼愛您的前妻。」

「是啊，我很愛她。但這不表示，我沒有以同樣的程度愛我現在的妻子。前妻過世時，我當然非常不捨，所幸那種痛苦並非難以療癒，我現在的妻子撫平了我的傷痛。所以就這點來說，我對久滿子——久滿子是我現任妻子的名字，我想不用說您也早就知道了，我覺得我有義務和久滿子正式結婚。」

「您說得是。」

對於湯河熱切的述說，紳士只是輕輕帶過，接著繼續說：

「我也知道您前妻的名字，她叫筆子吧。此外我也知道，筆子夫人體弱多病，罹患傷寒過世前就經常生病。」

「真是太驚人了，不愧是偵探，您真是無所不知啊。既然都知道這麼多了，應該沒什麼好調查的吧。」

「哈哈哈哈，您過獎了，實在不敢當。畢竟我是吃這行飯的，您就別挖苦我了。話說回來，關於筆子夫人生病的事，她在罹患傷寒之前，好像罹患過一次副傷寒吧。至於時間……我記得是大正六年秋天，十月的事。聽說那次副傷寒病得很嚴重，高燒遲遲不退，您非常擔心。然後到了隔年，也就是大正七年正月，她感冒臥床了五、六天吧。」

「啊對對對，也有過這些事。」

「然後到了夏天，任誰都不免吃壞肚子，筆子夫人在七月一次、八月兩次腹瀉。這三次腹瀉中，有兩次非常輕微，不至於到需要休息的程度，但有一次稍微嚴重臥床了一兩天。接著到了秋冬，例行的流感肆虐，筆子夫人也染了兩次。十月那次病況較輕，第二次是在隔年的大正八年正月吧，聽說這次併發肺炎差點病危。肺炎好不容易痊癒後，不到兩個月卻因傷寒過世了。大概是這樣吧？我說的應該沒錯吧？」

「嗯。」

湯河如此應了一聲，便低頭開始尋思。此時兩人已過了新橋，走在歲末的銀座大街上。

「您的前妻真是太可憐了。過世前的半年裡，不僅罹患了兩次致命重病，期間還接連碰上了心驚膽跳的危險意外啊。那起窒息事件，是發生在什麼時候？」

儘管紳士這麼問，湯河也沉默不語，因此紳士兀自點點頭又繼續說：

「那是夫人的肺炎已經痊癒，再休養兩三天就能下床的時候。那時病房的瓦斯暖爐出了問題，所以應該是寒冷的季節，可能是二月底吧。因為瓦斯栓鬆脫，害得夫人在半夜差點窒息。所幸沒釀成大禍，但夫人也在床上多躺了兩三天吧，這也是事實。還有還有，後來還發生這種事吧？夫人從新橋搭公車去須田町的途中，這輛公車和電車相撞，差點就……」

「等一下，請等一下。我從剛才就很佩服您的偵探本領，不過究竟有什麼必要調查這些事？又是用什麼方法調查的呢？」

「不，這不是什麼必要的事，只是我的偵探癖太強了，不由得會連沒必要的事也查得一清二楚，想用來嚇唬人。我也知道這是個壞毛病，但就是改不掉。我會馬上進入正題，請您稍安勿躁聽我說。話說，那時夫人搭的公車窗戶破了，玻璃碎片割傷了夫人的額頭吧？」

「沒錯。可是筆子算個性沉穩的人，並沒有受到多大的驚嚇。而且，雖說受傷也只是一點小擦傷。」

「可是，關於那場車禍，我認為您多少也有些責任。」

「怎麼說？」

「夫人會搭公車，是因為您囑咐她別搭電車，要她搭公車去。」

「這種話……我也許說過吧。我不記得這種芝麻小事，不過我想我可能說過吧。啊，我想起來了，我確實說過這種話。不過事情是這樣的，因為那是她染上了兩次流感之後，這種時候去搭人擠人的電車最容易被傳染感冒，報上也這麼說，所以我認為搭公車比電車安全得多，就嚴厲囑咐她絕不能搭電車。我萬萬沒料到她搭的公車運氣那麼差，居然會發生車禍。我認為我應該沒有責任喔。筆子也不認為我有責任，而且還很感謝我的忠告。」

「當然，筆子夫人一直很感謝您的體貼，直到臨終前都還很感謝您。但我認為，那起車禍您是有責任的。您說您是為她身體著想才叫她去搭公車。我想這一定是真的。但我仍然認為您有責任。」

「為什麼？」

「如果您不明白，我就來說明吧。您剛才說，您萬萬沒料到那輛公車會發生車禍。可是夫人搭公車並非只有那天而已。那時候，夫人剛大病初癒，依然必須持續回診，每隔一天就會從芝口的住家去萬世橋的醫院。而且一開始就知道必須持續回診一個月。這段期間她總是搭公車去。換言之，車禍就是發生在這段期間。聽好了，這裡有件事值得注意，那時公車制度才剛上路，三不五時就有車禍發生。許多稍微神經質一點的人，都擔心會不會發生車禍。我想先提醒您一下，您就是神經質的人。這樣的您，居然讓您最愛的妻子那麼頻繁地去搭公車，不像是您會犯的疏忽吧。每隔一天搭一趟，一個月往返來算，等於置身在車禍風險裡三十次。」

「哈哈哈哈，居然會注意到這個，看來您的神經質也不遜於我啊。原來如此，經您這麼一說，我也逐漸想起那時的事了。其實那時我也並非完全沒注意到這一點，但我是這麼想的，搭公車發生車禍的風險，和搭電車被傳染感冒的風險，哪一種機率比較高呢？如果兩者機率相同，那麼哪一個更可能危及性命呢？思考這個問題後，結果是搭公車比較安全。因為就如您剛才說的，一個月要來回搭三十次，如果搭電車的話，每一輛電車一定都有感冒病菌。當時正值流感高峰期，因此我的判斷是正確的。既然那裡已經有病菌，被傳染就不是偶然。可是公車的車禍是完全偶然的災禍。當然任何車子都可能發生車禍，但這和一開始就知道禍因明顯存在是兩回事。此外也有人跟我說，筆子已經罹患兩次流感了，這表示她的體質比一般人更容易染上流感。所以搭電車的話，她在眾多乘客中一定也是最容易被感染的那個。但如果搭公車，乘客遇上車禍的風險是平等的。不僅如此，關於危險的程度我也這麼想過，如果她第三次得了流感，勢必又會引發肺炎，如此一來這次可能真的沒救了。我曾經聽過，罹患過一次肺炎的人很容易再度罹患肺炎，況且她大病初癒身子還很虛弱，我這種擔憂並非杞人憂天。至於車禍，並不是發生車禍就會喪命，如果不是運氣特別糟，通常也不會受什麼重傷，也很少發生傷重不治的案例。所以我的考量還是沒有錯。您看，筆子來回搭三十次公車只遇上一次車禍，而且只是受到輕微擦傷不是嗎？」

「原來如此，您這麼說確實也有道理，聽起來也無懈可擊。但是，你剛才沒說的部分，卻有一個不能忽略的問題。那就是電車和公車危險機率，您認為公車不像電車那麼危險，就算有危險程度也比較輕，乘客是平等地擔負那個危險性。但我認為，至少就夫人的情況來說，無論搭公車或電車，她都是最容易遭到危險的那個人，絕不可能和其他乘客一樣平等地暴露在危險裡。也就是說，一旦發生車禍，夫人恐怕會是第一個受傷，而且傷得比任何人都重。她就是處於這樣的命運裡，這一點您不能忽視。」

「這話怎麼說？我實在不懂。」

「哦？您不懂嗎？這就怪了。可是那時您向夫人說過這種話吧？您說搭公車的時候，一定要盡量坐在最前面的位子，這才是最安全的方法。」

「沒錯。我說的安全就是這個意思。」

「不，等一下。您說的安全是這個意思吧，就是即便公車裡也有感冒病菌，為了避免吸入病菌，盡量待在上風處比較好。意思是儘管公車不像電車那麼擁擠，也不是完全沒有被傳染感冒的風險。不過您剛才似乎忘了這個事實。然後你加上現在的這個理由，說坐在公車前面的座位震動比較小，夫人尚未擺脫病後的疲勞，避免震動身子比較好。您以這兩個理由，建議夫人坐在前座。說是建議，毋寧是嚴厲的囑咐。夫人是個老實人，覺得不該辜負您的好意，所以盡可能照您的命令做，就這樣聽您的話確實做。」

「……」

「沒錯吧。一開始您並沒有把公車傳染感冒的風險考慮進去。不僅沒有考慮進去，還以此當藉口要夫人坐在前座。這是一個矛盾。另一個矛盾是，您最初考量的車禍風險，這時卻完全束之高閣。搭公車坐在最前面，要是發生車禍，沒有比這裡更危險吧。坐在前面的人，注定是最危險的受害者。所以您看，那時受傷的只有夫人不是嗎？那樣一場小車禍，其他乘客都平安無事，只有夫人受到擦傷。如果是嚴重的車禍，其他乘客可能擦傷，唯獨夫人會受到重傷。如果是更嚴重的車禍，其他乘客會重傷，只有夫人會喪命。車禍這種事，毋須您多說當然是偶然。但這個偶然發生時，夫人受傷就不是偶然，而是必然了。」

兩人過了京橋。但紳士和湯河都彷彿忘了自己走在何處，一個熱切地述說，一個默默地聆聽，繼續往前走。

「所以結果就是，您將夫人置身於某個一定程度的偶然危險中，然後更將夫人逼進這個偶然範圍裡的必然危險中。這和單純的偶然危險不同。如此一來，就不知道公車是否真的比電車安全了。況且，當時夫人剛從第二次流感復原，應該是認為她對流感已經有免疫力才合理吧。要我說的話，那時夫人絕對沒有被傳染的危險了。就算她是被注定的人，也應該是被注定到安全的那邊去。至於罹患過肺炎的人容易再度罹患的說法，也是必須隔了一段時間之後。」

「可是，我也不是不懂免疫力的概念，只是她十月得了一次，結果隔年一月又得，所以免疫力這種事我也覺得不太靠得住……」

「十月和一月之間隔了兩個月。可是她那時還沒痊癒，還在咳嗽。比起被人傳染，她更容易傳染給別人。」

「還有，剛才提到的車禍風險也是，車禍本身已經非常偶然的事，若要說這個範圍裡的必然，那豈不更極其稀微嗎？偶然之中的必然與單純的必然，意思還是不一樣的喔。況且那個必然，只是必然會受傷，並非必然會喪命。」

「可是，如果發生偶然嚴重車禍，必然會喪命吧。」

「是啊，可以這麼說。但是玩這種理論遊戲也很無聊吧？」

「哈哈哈，理論遊戲啊？這我倒是很喜歡，不小心就得意忘形玩過頭了，真是抱歉。那我要進入正題了。不過進入正題之前，還是先把理論遊戲做個了結吧。雖然您這樣取笑我，但其實您也相當喜歡理論，在這方面說不定還是我的前輩呢，應該不會完全不感興趣吧。剛才我們討論的偶然與必然，若將它和某種人的心理連結，就會產生新的問題，這時理論就不是單純的理論了，不曉得您是否注意到這一點？」

「不知道耶，感覺越來越艱澀了。」

「這沒什麼好艱澀的，我說的某種人的心理就是指犯罪心理。某人，想以間接的方法，在不為人知的情況下，殺死一個人。如果殺死這個詞不貼切，改成致死也行。為了達成這個目的，必須盡量讓對方暴露於危險中。這時為了不讓對方看破自己的意圖，並將對方不知不覺導入險境，除了選擇偶然的危險別無他法。可是，如果這個偶然中，帶著難以察覺的必然，那就更理想了。您要夫人去搭公車這件事，很巧的，剛好在『形式上』是一致的吧？我只是說『形式上』，希望您別生氣。我當然不是說您有那種意圖，不過您應該也可以了解這種人的心理吧？」

「您是因為職業關係才會這樣胡思亂想吧。形式上是否一致，只能端看您的判斷，只不過，如果有人認為在短短一個月內，只是搭乘三十次公車，就能奪取一個人的性命，那個人不是白痴就是瘋子吧。沒有人會仰賴這種靠不住的偶然吧。」

「沒錯，如果只是搭三十次公車，這種偶然的命中率太低了。可是，如果從各方面找出各種危險，偶然就會在那個人身上層層堆疊，如此一來命中率也會層層倍增。這是將無數偶然的危險聚集到一個地方，然後再將那個人引入其中。這種情況，那個人蒙受的危險就不是偶然，而是必然了。」

「——照您這麼說，打個比方是什麼情形呢？」

「比方說，這裡有個男人想殺他的妻子，或者說想致妻子於死地。剛好這個妻子天生心臟不好。心臟不好這個事實，本身已隱含了偶然的危險因子。丈夫為了增加這個危險，使出各種手段讓妻子的心臟變得更差。譬如他想養成妻子喝酒的習慣，便鼓勵妻子喝酒。起初只是建議她睡前喝一杯葡萄酒，然後慢慢增加杯數，甚至飯後也一定讓她喝酒，想讓她染上酒癮。偏偏妻子本來就不愛喝酒，沒能如丈夫所望成為酒鬼。於是丈夫使出第二手段鼓勵她抽菸，對她說，『就算是女人也要懂得這種樂趣，否則人生多無趣。』便去買了香氣迷人的舶來品香菸給她抽。不料這個計畫很成功，一個月後她真的成了菸槍，想戒也戒不掉了。接著丈夫又打聽到，冷水浴對心臟差的人不好，便叫妻子洗冷水澡，還假裝好心對妻子說，『妳的體質容易感冒，只要每天早上洗冷水澡就會改善。』妻子打從心底信任丈夫，立即開始洗冷水澡，完全不知道自己的心臟越來越差。但是，光只是這樣，不能說丈夫的計畫完全成功。因為讓妻子的心臟惡化後，他還得給那個心臟致命一擊。也就是盡量讓妻子染上會連續發高燒的疾病，將她置於容易罹患傷寒或肺炎的狀態裡。他最初挑選的是傷寒。為了達成目的，頻頻讓妻子吃帶有傷寒桿菌的食物，還說『美國人用餐都會喝生水，讚美生水是最棒的飲品』，叫妻子喝生水。此外也讓她吃生魚片。知道生蠔和洋菜凍有很多傷寒桿菌，也叫妻子吃。當然為了慫恿妻子吃，他自己也非吃不可，但他以前得過傷寒，已經有免疫力。雖然丈夫的這個計畫，沒能達到他預期的結果，但也算成功七分了。妻子沒有罹患傷寒，至少得了副傷寒，承受了一星期高燒折磨之苦。但因副傷寒的致死率只有一成左右，不知道是幸或不幸，心臟不好的妻子撐過來了。丈夫仗著這七分的成功趁勢追擊，之後也繼續讓她吃生食，害她到了夏天頻頻腹瀉。每當妻子生病，他都提心吊膽關注病情發展，偏偏很遺憾的，他想要的傷寒並不是那麼容易得到。不久，丈夫求之不得的機會終於來了。那是前年秋天到翌年冬天的惡性流感大爆發。他想方設法，無論如何都要讓妻子在這段期間染上流感。果然十月她就染上了。為什麼會染上呢？其實起初是喉嚨發炎，他就叫妻子漱口以預防感冒，卻故意拿濃度過高的雙氧水給她，她就一直用這個雙氧水漱口，以致引發了咽喉炎。不僅如此，剛好這時有位親戚伯母感冒，他三番兩次叫妻子去探病，到了第五次探病回來後就立刻發燒了。然而所幸，這次也挺過去了。接著到了正月，這次又感染了更嚴重的流感，終於引發肺炎……」

偵探如此說著，忽然做出有些詭異的舉動。看似彈雪茄菸灰，但他其實輕輕戳了湯河的手腕兩三下，彷彿在無聲地提醒他注意。之後兩人來到日本橋的橋前，偵探在村井銀行前右轉，朝中央郵局的方向走去。湯河當然也只好跟著走。

「第二次的感冒，果然也是丈夫搞的鬼。」

偵探繼續說：

「那時，妻子娘家的小孩罹患重感冒住進神田的S醫院。妻子娘家那邊又沒拜託他，他卻主動要妻子去照顧那個生病的小孩。他理由是這麼說的：『這次的感冒很容易傳染，不能隨便找人去照顧。我太太前陣子剛得過感冒有免疫力了，所以讓我太太去照顧最適合。』妻子也覺得丈夫言之有理，就去照顧那個小孩，結果這回又感冒了，而且併發了相當嚴重的肺炎，幾度瀕臨病危。丈夫這次計謀徹底成功了，還在病榻旁向妻子道歉，說都怪自己疏忽害得妻子染上重病。但妻子絲毫不怨丈夫，反而很感謝丈夫對她的愛，打算平靜地接受死亡。不料在九死一生之際，妻子這次又從鬼門關前回來了。這對丈夫而言，可說是功虧一簣吧。因此丈夫又開始想方設法，光生病是不夠的，還要讓她遭到生病以外的災難才行。如此一想，他想到可以利用妻子病房裡的瓦斯暖爐。當時妻子的病已經好得差不多，也沒再請護士陪病在旁了，但還需要和丈夫分房睡一星期。丈夫偶然發現了幾件事——妻子很注意用火的安全，入睡前一定會關掉瓦斯暖爐，瓦斯暖爐的栓頭位於病房到走廊的門檻邊。還有，妻子習慣半夜醒來上一次廁所，這時一定會經過門檻。妻子的睡衣下擺很長拖著地面走路，經過門檻時，五次有至少三次，下擺一定會碰到瓦斯栓頭。如果瓦斯栓頭沒有栓緊，下擺拖過時一定會鬆脫。還有，病房雖是和室房間，但門窗格扇都做得紮實密合，完全不透風。——縱使是偶然，那裡也具備了這些危險因子。因此丈夫想到，只要動一點手腳，就可以把這個偶然導向必然。那就是事先把瓦斯栓頭弄鬆。有一天，他就趁妻子午睡時，偷偷在栓頭上滴了一些油，讓它變得滑溜溜的。他這個行徑做得非常隱密，偏偏很不幸的，在他自己也不知道的時候被人看到了。看見這一幕的是他家當時的女傭。這名女傭是妻子嫁過來時從娘家陪嫁過來的，對妻子忠心耿耿，也相當聰明伶俐。不過這倒是無關緊要啦……」

偵探與湯河走過中央郵局前的兜橋，又過了鎧橋，不知不覺已來到水天宮前的路面電車道。

「——然後，這次丈夫也是七分成功，剩下的三分失敗了。妻子因為瓦斯中毒差點窒息，幸好及時醒了過來，三更半夜搞得全家雞飛狗跳。為什麼瓦斯會外洩呢？原因馬上就知道了，說是妻子自己不小心。接下來丈夫挑的是公車。這個前面也說過了，因為妻子得搭車去醫院回診，丈夫不忘利用所有的機會。就在搭公車也以失敗收場後，他又逮到了新機會。給他這個機會的是醫生。醫生建議妻子可以換個地方做病後療養，最好去空氣清新的地方住上一個月。基於醫生這個勸告，丈夫便對妻子說：『妳老是在生病，與其去別的地方住上一兩個月，不如乾脆我們全家搬去空氣好的地方吧。可是搬得太遠也不行，大森那一帶怎麼樣？那裡離海近，我上班也很方便。』妻子立刻贊成這個意見。不曉得您知不知道，聽說大森那裡的飲用水品質很差，也因此傳染病從沒斷過，尤其是傷寒。也就是說，這個男人無法以災難讓妻子喪命，這回又把腦筋動到疾病上。搬去大森後，他仍然積極讓妻子喝生水吃生食，一樣叫她勵行洗冷水澡，鼓勵她抽菸。然後他又整理庭院，種植許多樹木，挖了水池蓄水，又說廁所的位置不好，將它改成西曬方位。這些手段都是為了讓家中孳生蚊蠅。不僅如此，還有每當有朋友罹患傷寒，他就說自己有免疫力經常去探病，偶爾還帶妻子一起去。他打算就這樣耐心靜候結果，不料這次的計謀相當順利，搬家後不到一個月就奏效了。他去探望某個罹患傷寒的朋友後不久，不曉得是不是又使了什麼陰險手段，總之妻子很快就染上了傷寒，就這樣終於因傷寒過世。——怎麼樣？這和您的情況在形式上是不是完全吻合啊？」

「呃……這、這只有形式上……」

「哈哈哈哈，沒錯，到目前為止只有形式上。您剛才說您很愛前妻，但也只是形式上愛她。其實與此同時，您早在兩三年就背著前妻愛上現在的妻子了，而且是超過形式上地愛她。所以，目前為止的事實加上現在這個事實，那麼您的情況和我舉的這個例子，就不單純只是形式上的吻合了。」

兩人在水天宮的路面電車道右轉，走進狹小巷弄裡。巷子左側有一間像事務所的房子，掛著大大的招牌「私家偵探」。鑲著玻璃門的二樓與一樓都燈火通明。偵探來到門前，放聲大笑。

「哈哈哈哈，您已經瞞不了了，再瞞也沒有用喔。您剛才就一直在發抖吧。您前妻的父親，今晚在我家等您喔。哎呀，不用怕成這樣啦，進來吧。」

偵探猛地抓住湯河的手腕，用肩膀頂開了門，硬將他拖進屋裡。在燈光的照耀下，湯河臉色慘白。他像失了魂般，踉蹌地走了幾步跌坐在椅子上。

我

這已經是好幾年前的事了，我還住在一高[1]宿舍的時候。事情發生在某天晚上。那時室友們習慣聚集在寢室，秉燭夜讀到深夜，我們稱之為「蠟讀」（其實只是在瞎扯閒聊），這天晚上也是，熄燈後，我們三、四個人蹲在燭火旁聊了很久。

我已經忘了為何話題會聊到那裡去，只記得我們原本在聊那個年紀常遇到的戀愛問題，胡亂吹噓聊得非常起勁，後來很自然聊到人類的犯罪，每個人嘴裡紛紛蹦出殺人、詐欺、竊盜等字眼。

「我覺得所有的犯罪裡，我們最可能犯的是殺人罪。」

說這話是某博士的兒子樋口。

「但不管再怎麼樣，我絕對不會去當小偷。小偷實在太噁心了。我可以跟其他人交朋友，唯獨小偷就是不行，總覺得他們非我族類。」

樋口天生氣質優雅的臉泛起愁容，雙眉不悅地擠成八字眉。這表情使他的相貌更顯高貴。

「這麼說來，最近宿舍竊盜頻傳是真的嗎？」

這次開口的男子叫平田。平田說完看向另一名男子中村，問道：「喂，是真的嗎？」

「嗯，好像是真的喔。聽說小偷不是外人，一定是住宿生。」

「怎麼說？」我問。

「這個嘛，其實詳情我也不清楚。」中村壓低嗓音，彷彿有所顧忌地繼續說，「因為最近竊盜事件實在太頻繁了，不可能是住宿生以外的人幹的。」

「不，不僅如此。」樋口接著說，「確實有人看到是住宿生。就在最近，據說還是大白天，住在北宿舍七號房的男生，因為有事回寢室一趟，正要進門時，門突然從裡面被打開，有人猛揍了那個男生一拳，然後匆忙從走廊逃走了。挨揍的男生立刻追上去，可是跑下樓梯就不見人影了。這個男生回寢室一看，什麼衣箱啦書櫃啦都被翻得亂七八糟，所以那傢伙一定是小偷。」

「那個男生有看到小偷的臉吧？」

1 一高，日本舊制第一高等學校的簡稱。

「沒有，他冷不防被揍了一拳，來不及看小偷的臉。不過他說從服裝什麼的看來應該是住宿生沒錯。小偷從走廊逃走時，把外褂罩在頭上逃跑，他只看到那件外褂有下藤圖樣的家徽。」

「下藤圖樣的家徽？光是這個線索沒什麼用啊。」

說這話的是平田。不曉得是不是我多心，我總覺得平田在窺看我的反應，因此我也不由得擺出臭臉。為什麼呢？因為我的家徽就是下藤圖樣，雖然那晚我沒穿那件繡有家徽的外褂，但常穿這件外褂到處走動。

「如果是住宿生就沒那麼容易抓得到。想到我們的同學裡有這種傢伙真的很受不了，畢竟誰都會粗心大意的時候，不曉得什麼時候會被偷。」

剛才那瞬間的不悅情緒，連我自己都感到羞恥，想甩開這種情緒如此說。

「可是，兩三天內一定會抓到啦！」

樋口語末說得特別用力，眼神炯炯發光，壓低嗓音繼續說：

「這是祕密喔，聽說最常發生竊案的地方是澡堂更衣室，委員們兩三天前就開始輪流監視了。居然躲在天花板上，用小洞窺看情況。」

「咦？你聽誰說的？」發問的是中村。

「其中一個委員告訴我的，你們不要說出去喔。」

「可是既然你都知道了，說不定小偷也早就察覺到了。」

平田說完擺出厭惡的表情。

在此我要先說明一下，以前平田和我的交情還沒這麼差，後來因為某件事傷了感情，最近彼此互看不順眼。可是雖說彼此，我倒是沒對他怎樣，而是平田單方面極度厭惡我。我聽過一個朋友跟我說，平田曾在背後惡狠狠地臭罵我：「鈴木根本不是你們想的那種正人君子，我因為某件事看清了那個人的真面目。」此外他也說過這種話：「我已經受夠他了。我是看他可憐才和他打交道，絕對不會推心置腹跟他交往。」平田在我背後壞話說盡，但從沒當著我的面說過。不過他態度表現得很明顯，就一副極度厭惡藐視我的樣子。當對方擺出這種態度，我的個性不會主動要求說明。「要是我有不對的地方，應該給我忠告，如果連忠告的善意都沒有，或是認為我連忠告的價值都沒有，那我也不會把對方當朋友看。」想到這裡，我多少有些難過，但不至於為此懊惱煩心。平田體格壯碩，堪稱所謂「向陵健兒」[2]模範的陽剛型男生，而我則是體型清瘦臉色蒼白的神經質男生，兩人的個性有本質上難以融合之處，而且是活在兩個完全不同世界的人，真的無可奈何，因此我也放棄了。但平田是柔道三段的高手，動不動就愛誇耀他的腕力，彷彿在說「再拖拖拉拉的我揍你喔」，儘管我也認為此時若擺出乖乖聽話的態度未免太懦弱了。可是坦白說，我內心確實也很怕他的拳頭。所幸我不會無聊地跟別人一較長短，對名譽心也極度淡泊。「不管對方如何瞧不起我，只要我相信自己就好。沒必要怨恨對方。」我如此暗自下定決心，因此對平田的傲慢態度，我總是冷靜寬大以對。「平田不願了解我是無可奈何的事，可是我肯定平田的優點喔。」有時我會如此對第三者說，有時也會實際這麼想。我不覺得自己卑怯，甚至認為自己能由衷地誇讚平田，自詡是人格高尚的人。

「下藤圖樣的家徽？」

剛才平田這麼說時，還瞄了一下我的反應。那令人厭惡的莫名眼神，奇妙地刺激了我的神經。那眼神究竟意味著什麼？平田知道我家的家徽是下藤圖案，才故意用那種眼神瞄我嗎？又或者只是我過於偏執才會這麼想？但是，平田如果真的懷疑我，哪怕只有一丁點，我又該如何對應呢？

「這麼說來我也有嫌疑囉，因為我的家徽也是下藤。」

我應該這麼說，然後坦蕩蕩地一笑置之嗎？可是這麼說的話，如果在場的其他三人都跟我一起笑就沒事，萬一其中一人，也就是平田笑也不笑，反倒擺出更厭惡的表情，那我該怎麼辦呢？光是想像那幅情景，我就更不敢隨便開口了。

為這種事傷神固然愚蠢，可是在那個瞬間，我真的想了很多事情。「置身於我現在的處境，真正的犯人和無辜遭疑的人，會有什麼不同的心理反應呢？」如此一想，此刻我似乎體會到和真正犯人同樣的煩悶與孤獨。直到剛才，我確實是這三人的朋友，是天下學生欽羨的「一高」高材生。然而此刻，至少在我的心情上，我已經不是這三人的朋友了。儘管是不值一提的芝麻小事，但我有了無法向他們吐露的心事。對於理應和我平等的平田，我變得很顧忌他的反應。

2 向陵，為第一高等學校的別名，因位於東京本鄉的向岡得名，「陵」乃「大山崗」之意。

「唯獨小偷就是不行，總覺得他們非我族類。」

樋口說這話一定是不經意的，此刻卻重重撞擊了我的心，強力在我心頭盤旋。「小偷非我族類」——小偷！多麼難聽的稱呼啊！然而仔細想想，小偷之所以異於常人，並非在於犯罪行為本身，而是千方百計想隱藏犯罪行為，或者說自己也想努力忘記自己的犯罪行為。為了絕不能向人坦白而不斷憂慮，不知不覺使心情陷入黑暗裡。而現在的我，確實擁有那部分的黑暗。我不願相信，自己竟然被懷疑是嫌犯，因此也感到憂慮，覺得再好的朋友都難以傾訴了，因為可能沒人相信我。樋口當然是相信我的，所以會在我面前說出他從委員那裡聽到的監控澡堂一事。當他說「不要說出去喔」，我真的很高興。但開心的同時確實也讓我的心情更加陰鬱。「我為何會對此高興呢？樋口不是打從一開始就沒懷疑我嗎？」想到這裡，我不禁對樋口萌生了些許愧疚。

之後我又這麼想。如果無論再怎麼善良的人，多少都可能有犯罪傾向，那麼會有這種想像的，或許不只我一個人，「如果我是犯人的話……」在場的那三個人，或許多少都感受到我的不快或喜悅。倘若果真如此，特別得到委員洩密的樋口，內心應該最得意。他是我們四個人裡，最受委員信任的。他才是離小偷這種族類最遠的人。而他獲得信任的理由，若歸因於氣質高雅的長相、富裕家庭的少爺、博士的兒子這些事實，我實在無法不羨慕這種際遇。他擁有的物質上的優越，提升了他的品格，而我在物質上的劣勢，使我的品格卑賤。畢竟我是S縣的佃農之子，靠著舊藩主的獎學金才能勉強入學的窮學生。無論我是不是小偷，到了他面前都會膽怯自卑。我和他果然是不同族類。他越是以坦蕩的態度相信我，我就覺得離他越來越遠。越是想和他親近，無論表面上如何融洽地有說有笑，我就更意識到我和他相隔的距離。這種心情真是無可奈何……

從那晚之後，有一段很長的時間，「下藤圖樣的家徽」成了我的心結。連要不要穿那件外褂，都使我苦惱不已。如果我若無其事穿著它走動，大家也不覺得怎麼樣就沒事，但若有人以「啊，那傢伙穿著那件衣服」的眼神看我，或是有人懷疑我，或是有人因為懷疑我而感到抱歉，或是有人覺得我被懷疑很可憐，那麼不只對平田和樋口，我會對所有同學都感到不悅與自卑。結果我厭惡地收起那件外褂，然後又因收起來不穿，心情變得更微妙了。我怕的不是犯罪嫌疑本身，而是連帶湧上眾人心頭的各種骯髒情感。我比誰都更先懷疑自己，因此也使得很多人懷疑我，連原本毫無嫌隙的朋友間也起了詭異芥蒂。就算我真的是小偷，它的弊害與糾纏的各種討厭心情相比，根本不算什麼。誰都不想認為我是小偷吧，至少在確認我是小偷之前，他們作夢也不會相信，並且和我繼續交往。若連這點信任都沒有，我們的友情不會成立。因此，如果比起偷朋友的東西，傷害友情的罪更重，不管我是不是小偷，播下讓大家懷疑我的種子就是對不起朋友。這比當小偷更對不起朋友。倘若我是聰明且巧妙的小偷——不，不可以這麼說——倘若我是稍微體貼且有良心的小偷，就該盡量不傷害彼此的友情，打從心底與他們融洽相處，帶著就算被神明看到也不可恥的誠意與溫情與他們接觸，但也暗自地悄悄行竊。這可說「做賊也處之泰然」。站在小偷的立場想，這應該是最正直且不虛偽的態度吧。他可能會說：「我偷東西是真的，重視友情也是真的。」此外也可能會說：「兩者都是真的，這正是小偷的特色，所以異於常人。」總之我開始如此思索後，我的想法就逐漸朝小偷那邊傾斜而去，越來越無法不意識到自己與朋友的隔閡。不知不覺中，開始覺得自己是個出色的小偷。

接下來有一天，我心一橫穿上那件下藤家徽的外褂，在操場和中村邊走邊聊。
「對了，聽說小偷還沒抓到啊。」
「是啊。」
中村說著突然低下頭。
「到底怎麼回事？在澡堂埋伏也抓不到嗎？」
「後來澡堂就沒傳出竊案了，倒是現在到處都被偷啊。聽說是澡堂抓小偷的計謀外洩了，前陣子樋口還被委員叫去罵了一頓。」
我也不禁臉色驟變。
「什麼？樋口被罵？」
「對啊，樋口他，樋口他……鈴木，請你原諒我。」
中村痛苦地嘆了一口氣，潸然淚下。
「……我一直瞞著你，如果事到如今還繼續沉默，我反而覺得對不起你。你聽了一定很不高興，其實委員都懷疑是你幹的。不過我希望你知道，我也不想刻意說這種話，但我絕對沒有懷疑你喔。我到現在還相信你。因為我相信你才保持沉默，這真的很痛苦很難受。請你不要怪我。」

「謝謝你願意告訴我。我很感謝你。」

說完我也眼眶噙淚，但也不禁暗忖：「這一刻終於來了。」雖然事實很恐怖，但我早料到會有這一天的來臨。

「我們就別談這件事了。向你坦白後，我心裡也舒坦多了。」

中村語帶安慰地說。

「可是我認為，這件事不是我們不談就沒事。我明白你的好意，可是顯然，不僅我自己丟臉，也害你這個朋友沒面子。因為我遭到懷疑，我覺得已經沒資格當你們的朋友了。不管怎樣，我的名聲都已經毀了。你說不是嗎？儘管如此，你也不會拋棄我嗎？」

「我發誓，我不會拋棄你。而且我一點都不覺得你害我沒面子。」

中村看著我一反常態的激動模樣，戰戰兢兢地說：

「其實樋口也是喔，他在委員的面前極力為你辯護，甚至說：『如果要懷疑我好朋友的人格，不如懷疑我！』」

「就算他這麼說，委員們還是懷疑我吧？你就不要顧慮了，把你知道的一五一十告訴我，這樣心情會更舒坦。」

我如此一說後，中村顯得難以啟齒地說：

「聽說有人投書向委員告密。而且那天晚上樋口多嘴後，澡堂就沒再發生竊案了，這成了他們懷疑的根源。」

「但又不是只有我一個人聽到澡堂的事。」——這句話立即浮現我心頭，但我沒說出口，使我覺得更淒楚窩囊。

「可是，委員們怎麼知道樋口跟我們說了？那晚在場的只有我們四個人，除了我們四個人應該沒人知道。而且你和樋口都相信我，那麼就是……」

「剩下的只能隨你猜測了。」中村露出哀求的眼神，「我知道那個人是誰。那個人誤會你了。但我不想說出那個人的名字。」

是平田吧——我如此一想，打了個寒顫，彷彿平田的眼睛死命瞪著我。

「你和那個人，談過我什麼事嗎？」

「談是談過……不過請你諒解，你是我的朋友，但那個人也是我的朋友。我就是因為這樣很痛苦啊。老實跟你說，昨晚我和樋口，和那個人起了意見衝突。結果那個人說今天就要搬出宿舍。想到我為一個朋友而失去另一個朋友，我真的好難過好難過，非常遺憾。」

「啊，原來你和樋口如此為我著想，真的很抱歉很抱歉……」

我執起中村的手，緊緊握住，淚流不止。中村當然也哭了。我覺得這是我有生以來，首度感受到真正的人情溫暖。這陣子我飽受難以排遣的孤獨所苦，原來我渴求的是這份溫暖啊。哪怕我是再惡劣的小偷，也絕對不會偷這個人的東西。

過了片刻，我才跟中村說：

「中村，我坦白跟你說——我這個人不值得你們這麼關心喔。我不能坐視你們為了我這種人失去那麼好的朋友。那個人或許懷疑我，但我仍然尊敬那個人。那個人比我更了不起。我比誰都肯定那個人的價值。所以與其讓那個人搬出宿舍，不如我搬出去才對。求求你讓我這麼做吧。請你們繼續和那個人和好相處。就算我成為孤單一人，心裡也會舒坦許多。」

「這怎麼行！沒有道理讓你搬出去！」

大好人中村的語氣激動地接著說：

「我肯定那個人的人格。可是現在的情況是，你是遭受不當欺凌的人。我無法站在他那邊，成為他不當行為的幫兇。如果要把你趕出去，我們也會搬出去。你也知道他的自尊心很強，不可能讓步，所以他說要搬出去一定會搬出去。既然這樣就隨便他吧。你只要等他良心發現來道歉就好，而且可能不用等太久。」

「可是他很倔強，不可能主動來向我道歉，恐怕只會永遠痛恨我。」

中村似乎把我這話解讀成，這是我對平田恨意的發洩。因此他說：

「不會啦，不會有這種事。雖然他一旦把話說出口就會堅持自己的主張，這是他的優點也是缺點，不過只要他認為自己有錯就會爽快地道歉。這也是他值得敬愛的地方。」

「要是能這樣就太好了……」

我沉思半晌繼續說：

「我覺得就算他會回頭來找你，也永遠不會跟我和解了。——啊，他真是值得敬愛的人，我也希望他能喜歡我。」

中村將手搭在我肩上，像在庇護我這個可憐的朋友，緩緩地往草地走去。傍晚時分，操場四周已籠罩著淡淡霧靄，彷彿大海無邊無際。對面有兩三個學生結伴走來，每個與我擦身而過時都偷偷瞥了我一眼。

「他們也已經知道了。大家都在排斥我。」

想到這裡，一陣難以言喻的惆悵強烈地襲上我心頭。

這天晚上，原本說要搬出宿舍的平田，可能有了別的想法，看似沒有要搬出去的樣子。他當然沒跟我說話，但也沒跟樋口和中村說話，一直沉默不語。既然事態已發展至此，我搬出去是理所當然，可是辜負兩位好友的好意我也於心不安，況且站在我的立場來說，現在我搬出去一定會被解讀成心裡有鬼，只會更加啟人疑竇，所以我不能搬出去。就算要搬出去，也要等適當的時機，我是這麼想的。

「你別那麼在意，犯人很快就會抓到，到時候問題自然就解決了。」

兩位好友始終如此安慰我。但過了一星期，不僅犯人沒抓到，竊案也依然頻傳。終於我們的房間也遭竊了，樋口和中村被偷了錢包裡的錢，以及兩三本外文書。

「終於連你們兩個都被偷了啊，不過剩下的兩個人應該不會被偷吧……」

我記得很清楚，當時平田帶著詭異的賊笑，說出這番酸言酸語。

樋口和中村，晚上通常會去圖書館看書，因此寢室經常只剩我和平田面面相覷。這讓我很難受，所以我也會去圖書館或外出散步，晚上盡量不要待在寢室裡。有個晚上，我九點半散步回來，打開自習室的門，沒看到總是獨自在那裡用功的平田，其餘兩人也還沒回來。我心想：「會不會在寢室？」便往二樓走，結果寢室也沒半個人。於是我再度折回自習室，走到平田的桌旁，悄悄打開他的抽屜，找到一只兩三天前他故鄉寄來的掛號信封。我打開信封一看，裡面裝著三張十圓支票。我悠悠地抽出一張放進懷裡，然後把信封放回抽屜裡關上，極其泰然自若地離開自習室走到走廊，再從走廊下到庭院，穿越網球場，往雜草叢生的陰暗窪地走去，那是我平常用來埋藏贓物的地方。就在此時，有人大喊：

「小偷！」

猛地從我後面撲上來，隨即狠狠地甩我一巴掌。是平田。

「拿出來！把你剛才放入懷裡的東西拿出來給我看！」

「喂喂，不要這麼大聲啦。」

我非常鎮定，笑了笑繼續說：

「我確實偷了你的支票。你要我還我就還給你，你要我去哪裡我就去。這樣真相大白了不是很好嗎？」

平田似乎遲疑了一下，但旋即回過神來，繼續狠狠地猛揍我的臉。我雖然很痛，但也很舒暢，覺得這陣子的心頭重擔都卸下了。

「你這樣揍我也沒用啊。看來我是眼睜睜掉入你的陷阱了。因為你實在太囂張了，我忍不住心想：『他媽的！別以為我就不敢偷那傢伙的東西！』不料就這樣失策了。不過既然你已經知道那就好了。接下來我們和顏悅色地聊一聊吧。」

我說完，友善地想去握平田的手，不料他竟一把揪住我的衣襟，硬是把我拖回寢室。唯有此時，平田在我眼裡是個沒有價值的人。

「喂，你們看，我把小偷逮來了！我不需要為不明事理之罪道歉了。」

平田傲然地走進寢室，在已經回來的兩位室友面前，將我狠狠推倒在地。其他住宿生聽到騷動也紛紛趕來，擠在我們的房門口。

「平田說得沒錯，小偷就是我。」

我從地板爬起來，對那兩人說。我自認我的語氣極為正常，就像平常那樣說得很親密，但臉色可能一片鐵青吧。

「你們覺得我很可恨，或覺得我很可恥吧。」

我繼續對那兩人說：

「你們都是善良的人，但不管怎麼說，你們也都有識人不明之罪。這陣子我不是坦白跟你們說過很多次了，我說：『我不是你們想的那麼有價值的人。平田才真正是個人物。他絕對不需要為不明事理之罪道歉。』我都說得那麼清楚了你們還不懂嗎？我還說過：『就算你有機會跟平田和解，我和平田是永遠不會和解的。』我甚至說過：『我比誰都明白平田有多了不起。』你們說對吧？我沒有說半句謊言。或許你們會說：『沒說謊是沒說謊，可是為何不把實情說出來？』所以還是認為我騙了你們。不過，請你們站在我這個小偷的立場想想看。這是很悲哀的事，我就是無法不當小偷，唯獨偷竊這件事我就是戒不掉。可是我討厭欺騙你們，所以只能盡可能拐彎抹角地說出事實。既然我無法戒掉偷竊，我就無法把話說得更誠實。你們無法洞悉這一點，是你們自己不好喔。我這麼說，聽起來好像扭曲詭辯在挖苦你們，但我完全沒這個意思，請你們認真聽我說。你們可能會問，既然我這麼想誠實做人，為什麼要當小偷？可是我沒有責任回答這個問題。我天生就是個小偷，這是事實。所以在這個事實許可的範圍裡，我拿出最大的誠意，努力想和你們當朋友。除此之外，我找不到別的辦法了，這也無可奈何的事。然而儘管如此，我還是覺得對你們過意不去，所以我才說『與其把平田趕走，不如把我趕走』，不是嗎？我說這話絕非虛情假意，我是真心在為你們著想。我偷了你們的東西是真的，但我對你們的友情也是真的喔。就算是小偷，這點用心良苦也是有的。希望你們看在友誼的分上，相信我說的話。」

中村和樋口聽得瞠目結舌，說不出半句話來，只是不停地眨眼睛。

「你們可能認為我很不要臉吧。果然你們不懂我的心情啊。如果這也是因為族類不同，那也沒辦法。」

如此說完，我擠出笑容掩飾心中的悲痛，又補充說：

「可是，我現在還把你們當朋友，所以要對你們提出一些忠告。這種事以後可能還會發生，所以你們要千萬小心。和小偷當朋友，再怎麼說也是你們識人不明。要是出了社會還這樣就令人擔心了。以學校成績來說，你們或許比較優秀；但以看人的眼光來說，平田更勝一籌。平田是不會被唬弄的，他確實了不起！」

我指向平田，平田神色古怪地撇過頭去。唯獨此時，這個剛愎的男生也會顯得極其尷尬。

就這樣好幾年過去了。後來我多次被關進牢裡，現在淪落到和職業小偷為伍，但我依然無法忘懷那時的事。尤其忘不了的是平田。現在每當我幹壞事時，腦海依然會浮現平田的臉，總覺得他現在也會囂張地對我說：「怎麼樣？我看人的眼光很準吧。」總之，他是個很厲害、很有前途的傢伙。然而，世界就是這麼奇妙，當時我預言的「要是出了社會還這樣就令人擔心了」這句話卻完全失準。富家少爺樋口在父親的加持下很快就飛黃騰達，不僅出國留學拿了學位回來，現在還坐上了鐵道院課長或局長的寶座，而平田則是杳無音信。因此也難怪我們會認為「這個世界很荒謬」。

各位讀者，以上是我真實無偽的紀錄。我在本文沒有寫半句謊言。就如我對樋口和中村說的，但願各位也能明白：「即使像我這樣的小偷，這點細膩的心思也是有的。」

然而，各位或許還是不相信我。可是——儘管這麼說很失禮——倘若各位之中，縱使只有一個人也好，和我是同一族類的，那個人一定會相信我吧。

白晝鬼語

我早就深知，那個自稱有精神病遺傳的園村，是多麼陰晴不定，多麼離經叛道，又是多麼任性妄為的人，而我也是帶著充分的心理準備與他交往。可是那天早上，園村打那通電話來，我依然整個嚇呆了。我猜園村一定是發瘋了。畢竟那是一年中，精神病患者最容易發病的季節。一定是那六月令人鬱悶，綠葉蒸騰的濕悶暑氣，使他腦髓產生了異狀，否則他應該不會打那種電話來。我是這麼猜想，不，不只是猜想，我堅信不移。

他打那通電話來，大概是早上十點。

「喂，你是高橋吧！」

園村聽到我的聲音就激動得像要撲過來般，因此我知道他現在處於異常興奮狀態。

「不好意思，你現在火速來我這裡。我有個東西今天一定要讓你看。」

「謝謝你的好意，可是我今天去不了。因為有個雜誌社邀稿的小說，我今天下午兩點一定要寫完。我已經從昨晚熬夜寫到現在了。」

我沒有說謊。從昨晚到現在，我確實完全沒闔眼都在趕稿。儘管園村是閒閒大少爺，可是完全不考慮我的情況，說有東西給我看就叫我立刻過去，我實在有點不爽，覺得他未免太悠哉也太自私了。

「這樣啊，那不用現在來也沒關係，等你下午兩點寫完立刻趕來。我等你到三點……」

我火氣越來越大。

「不，我今天不能去。剛才我也說了，我從昨晚熬夜一直寫稿真的很累，寫完後我想泡個澡睡一覺。我不知道你要給我看什麼，明天不行嗎？」

「可是那東西只有今天看得到。如果你不能來，我只好自己去看了……」

園村說到一半驀然壓低嗓音，喃喃自語般繼續說：

「……其實是這樣的，這是非常機密的事，你絕對不能說出去喔。今天深夜一點左右，在東京某個地方會發生犯罪……就是上演殺人事件啦。所以我打算現在準備一下，和你一起去看。怎麼樣？你要不要一起來？」

「你說什麼？要上演什麼？」

我懷疑是不是聽錯了，不得不慎重再問一次。

「就殺人啊……Murder，殺人事件啦。」

「你是怎麼知道的？到底是誰要殺誰？」

我一時不慎說得很大聲，自己都嚇得環顧四周。所幸家人似乎沒聽到。

「喂，你幹嘛對著電話講這麼大聲啦。……我也不知道誰要殺誰，詳情我不能在電話裡跟你說，我只能說我基於某個理由，察覺今晚某個地方，有個人想殺掉某個人。當然這起犯罪跟我沒有任何關係，所以我沒有責任預防它，也沒有義務舉發它。我能做的只有去當這起犯罪的祕密證人，悄悄地躲在旁邊看。要是你願意跟我去，多少也能幫我壯壯膽子，而且對你來說，這比寫小說更有意思吧。」

園村的語氣，顯得奇妙鎮定而平靜。

然而他越鎮定，我越懷疑他的精神狀況有問題。聽他說到一半時，我已經心跳加速渾身顫慄了。

「這麼離譜的事居然說得正經八百，你是不是瘋了啊？」

偏偏我連如此反問的勇氣都沒有，只是一味地擔憂恐懼他的瘋狂，驚慌得不知所措。

園村有錢有閒，向來過著頹廢的生活，最近厭倦了普通娛樂，沉迷於電影與偵探小說，整天耽溺在詭異的幻想裡。該不會是幻想越來越嚴重，終於精神錯亂了吧？想到這裡，我幾乎渾身毛骨悚然。除了我以外，他沒有什麼像朋友的朋友，沒有父母也沒有妻小，擁有數萬資產卻孤獨度日，如果他真的已精神錯亂，除了我也沒人能照顧他了。於是我心想，總之不要刺激他的情緒，寫完稿子得立刻去看他。

「原來如此，既然是這樣我就跟你一起去，請你務必要等我。我兩點就會寫完，預估三點前會到你那裡，不過視情況而定可能會慢個半小時或一小時，你一定要等我去喔。」

我最擔心的莫過於他會獨自跑出去。

「沒問題吧。那我最晚四點一定會到，你可別出門，一定要等我喔。沒問題吧，一言為定喔。」

我如此反覆叮嚀，等他答應後，終於掛斷電話。

可是坦白說，從那之後一直到下午兩點，雖然我坐在桌前看著寫到一半的稿子凝思，但腦海裡根本亂成一團，心神完全跑到別的地方去了，只是為了敷衍塞責而振筆直書，隨便寫了自己也不曉得在寫什麼的東西。

我要去探望瘋子。雖說這是我身為園村唯一好友的義務，坦白說我不是很樂意。首先，我的精神沒有健全到有資格去探望他。但我還真不愧是他的好友，每年到了這個新綠時節，我一定也會罹患嚴重的精神衰弱。今年也一樣，已經出現了幾分徵兆，若此時再去探望這個瘋子，說不定會泥菩薩過江，遲早被他染上瘋病。又或者，縱使園村說今晚會有殺人事件是真的——雖然不可能有這麼離譜的事——我終究沒那個好奇心和勇氣跟他一起去看。萬一真的目睹了殺人場景，我可能會比園村先瘋掉吧。我是完全基於朋友道義，只是勉為其難去探望他的病情。

稿子寫完時，剛好兩點十分。若是平時，熬夜趕稿後的疲倦至少能讓我熟睡到傍晚，但四點的約定迫在眉睫，加上亢奮過頭的緣故吧，我竟一點也不睏，因此喝了杯葡萄酒打起精神，穿上今年首度穿的深藍羅紗夏服，出門去白山上的車站，搭上前往三田的電車。園村家在芝公園的山裡。

坐在電車裡搖搖晃晃之際，腦海突然出現一個恐怖且不可思議的想法。園村剛才在電話裡說的，搞不好並非全然謊言。他說今夜市內某個地方會發生殺人事件，至少對他來說，可能是可以預料的事件。為了證明這個預料是準確的，所以一定要找我一起去那個犯罪現場。——也就是說，園村，今晚，想在某個地方，親手，將我，將這個我，殺死？說什麼要讓我看殺人情境把我找出去，其實是想上演他親手結束我的生命給我看吧。——這個想法雖然荒誕也滑稽，但絕非毫無根據的臆測。當然我不認為，我有做過什麼會被送上這種殘酷惡作劇祭壇的事。我既沒有得罪他，也沒有被他誤解，若以常理判斷，他絲毫沒有殺我的道理。但若他已經瘋了，誰敢說我的臆測荒誕呢？耽讀荒唐無稽的偵探小說和犯罪小說而神經錯亂的人，如果忽然想殺他的好友，又有誰敢說這不自然呢？豈止不能說不自然，這還是最有可能的事吧？

再過一會兒，我就得下車了。我的額頭滿是黏膩冷汗，心臟的血液也似乎一時停止流動了。偏偏下一個瞬間，另一個更駭人的恐懼，如海嘯襲上我的心頭。

「會受這種無聊的幻想所苦，該不會我也瘋了吧？會不會剛才和園村講了電話，他的瘋病立即傳染給我了？」

這個擔憂比上一個臆測更接近事實，所以我也更害怕。我不想認為自己是個瘋子，拚命將這些幻想趕出腦海。

「我怎麼會去擔心如此愚不可及的事呢？園村剛才不是說了，他和今晚即將發生的犯罪沒有任何關係，也完全不知道誰要殺人，誰會被殺。他只是基於某個理由，察覺會上演殺人事件。如此看來，他絕對不是想殺我吧。果然是因為他瘋了，把幻想當作事實，所以才想找我一起去看。明明這樣解讀比較合理，為何我會做出那麼詭異的推論呢？我真是笨得可以。」

我在心中如此暗忖，嘲笑自己的神經質。

儘管如此，我在御成門下車，來到園村家的門前時，依然無法下定決心和他見面。因此我過門不入，走過他家門口，在增上寺的三門與大門之間徘徊了兩三趟。如此猶豫再三的結果，我帶著自暴自棄豁出去的心情，折返朝園村家走去。

我打開裝潢華麗的西式書房時，只見園村忐忑地在房裡踱步，還焦急地看著壁爐上的座鐘。說也真巧，時間剛好四點整。園村身形修長很適合穿西服，此時他穿著高雅的黑色西裝，搭上素雅的直條紋長褲，繫著繡有綠絲線的白緞領帶，別著紫翠玉領帶夾，完全一身準備好外出的模樣。鍾愛寶石的他，也在那細到彷彿在打顫的纖細手指上，戴上閃閃發亮的珍珠和藍寶石戒指，胸前的金鎖片晃動著宛如昆蟲眼珠的土耳其寶石。

「現在剛好四點，你來得正好。」

園村轉身對我說。我觀察他的表情，尤其注意眼眸的神色。他的眼眸雖然如常帶著病態的光輝，卻也沒有異於平時的激烈或狂暴之色。

我稍稍安心了些，坐在角落的安樂椅上。

「你剛才跟我說的事，是真的嗎？」

如此問完，我故意沉著地開始抽菸。

「是真的啦。我握有確實的證據。」

他依然在房裡踱步，說得十分確信。

「好了啦，你不要這樣焦急地在房裡走來走去，坐下來慢慢說給我聽。你不是說犯罪半夜才會發生嗎？現在時間還早不用急著去吧。」

我心想不要違逆他的意思，先把他的情緒穩定下來再說。

「雖然我握有證據，可是我還不清楚確切的地點，有必要趁天黑前先去確定一下場所。這應該沒什麼危險，不好意思，你現在就陪我去吧。」

「好啊，我就是為此事而來，陪你一起去沒問題。可是你不知道確切的地點，這樣沒目標要怎麼找呢？」

「不，目標是有的。根據我的推論，犯罪地點應該在向島那邊。」

他說這話時也露出掌握了證據喜不自勝的模樣，完全不像平日脾氣很差又陰鬱的男人，更加興奮匆忙地在房裡踱步，精神奕奕地與我應答。

「向島？你怎麼知道在那裡？」

「我等一下再詳細跟你說明原因，總之現在趕快出門吧。想看殺人場景，錯過這次機會就沒了喔，不看可惜啊。」

「既然知道地點了，不用這麼慌忙也沒關係吧。搭計程車三十分鐘就到向島了，而且近來白天也比較長了，離天黑還有兩三個小時。所以說，出門前你先跟我說一下吧。要是我不明所以的跟你一起去，只有你樂在其中，我根本覺得索然無趣。」

我這番道理，似乎在他神智不清的腦海引起了迴響，於是他點了兩三次頭嗯嗯嗯地說：

「那我就簡單跟你說一下吧……」

儘管如此，他依然看了看時鐘，勉為其難地在我前面的椅子坐下，然後翻找上衣內袋，掏出一張皺巴巴的西式紙張，將它攤在大理石茶几上。

「證據就是這張紙。這是我前天晚上在某個奇妙的地方入手的，你看看這上面寫的字，大概也能猜到什麼吧。」

園村說得像在玩什麼猜謎似的，臉上浮現令人毛骨悚然的詭異冷笑，眼珠子往上翻，盯著我看。

那張紙上用鉛筆寫著像數學公式的符號與數字——6*; 48*634; ‡1; 48†85; 4‡12?‡†45……像這樣數字符號交雜羅列了兩三行，我當然猜不出這是什麼鬼東西，也完全看不懂箇中涵義。在這之前，我對園村的精神狀態還處於半信半疑，看了這張他不曉得打哪兒撿來的紙，還篤定地說這是犯罪證據，看了這模樣雖然我也同情他，但我已毫無懸念確定他瘋了。

「我不知道耶，這究竟是什麼呀？我真的猜不出來，你看得懂這些符號的意思？」

我臉色蒼白，語氣顫抖地問。

「虧你還是文學家，居然這麼沒學問。」

他突然仰身大笑，然後滿臉得意，彷彿在誇耀自己的博學繼續說：

「你沒看過愛倫坡知名的短篇小說〈金甲蟲〉嗎？看過那篇小說的人，不可能猜不出這些符號的意思。」

偏偏很不巧的，愛倫坡的小說我只看過兩三篇，雖然知道〈金甲蟲〉是很有趣的故事，但完全不知道是怎樣的故事情節。

「如果你沒看過這篇小說，也難怪你不懂這些符號的意思。這篇小說的內容是在說，以前有個叫基德的海盜，把他搶來的金銀寶藏，埋在美國南卡羅萊納州的某個地方，以暗號文字標示地點。後來有個住在沙利文島的男子威廉．勒格朗，偶然得到了這份紀錄，絞盡腦汁解讀出那些暗號文字，終於成功找到了地點，挖掘出埋藏的金銀寶藏。故事大致就是這樣。這篇小說最引人入勝的地方，就在勒格朗解讀暗號文字的思考過程，描述得非常精細。因此我前天撿到這張紙就發現，這上面用的顯然就是那個海盜的暗號文字。當我看到這張紙扔在某處，不得不想像這背後一定潛藏著什麼陰謀或犯罪，所以就特地把它撿回來了。」

由於我沒看過這篇小說，無法判斷他說的話究竟幾分屬實，但也不得不佩服他的博聞強記。

「嗯，越來越有趣了。那這張紙，你是在哪裡撿到的？」

我以母親聆聽小孩說話般的態度，慫恿他繼續說下去。但內心想的是，沒有什麼比博學的瘋子威脅沒學問的人更困擾了。現在我只想看看他能說出多麼荒謬的話。

「我撿到這張紙的經過是這樣的。前天晚上七點多，我一如往常，獨自坐在淺草公園電影院的特等席看電影。你也知道，那裡的特等席，前面兩三排都是男女同伴席，後面才是男子席。我記得那是星期六晚上，我入場時，二樓和一樓都已坐滿，好不容易才在男子席最前面的中間發現一個空位，所以就擠過去坐下了。換句話說，我坐在男子席和男女同伴席的交界處，因此我的前排坐了很多男男女女。起初我沒特別留意這些男女，過了片刻，一件詭異的事在我眼前發生了。因此我也不管電影了，目不轉睛注意著那件事。那就是不知何時，有三名男女在我前面坐下。場內已擠得毫無立錐之地，特等席甚至有人站著看，擠得像築成了人牆，我的周圍也變得更加昏暗。

所以我也看不清那三個人的長相和表情，只能從背影看出其中有個束髮的女人，其他兩個是男的。還有，那女人的頭髮濃密，髮量多到令人覺得悶熱，因此我推定是相當年輕的女子。其他兩個男的，一個頭髮中分，梳得油亮服貼，另一個則是清爽的小平頭。三人並排而坐的順序是，最右邊是束髮女人，中間是中分頭男人，左邊是小平頭男人。從這種座位順序可以想像，右邊的束髮女人可能是中間男人的老婆或情婦，至少關係是比較親密的。而左邊的平頭男，可能是中間那個男人的朋友或什麼的。你也不認為我這個想像有錯吧。這種兩男一女的情況，要是那個女的對那兩個男的抱持同等關係，她一定會坐在兩個男人的中間吧，否則和她關係比較深的男人，一定會坐在另一個男人和她中間。……怎麼樣，你也是這麼想吧？」

「嗯，有道理，確實沒錯。倒是你很在意這女人和他們的關係啊。」

園村以彷如名偵探的口吻，得意洋洋地說明這種顯而易見的事，我聽了不禁覺得好笑。

「不不不，他們的關係在這件事極為重要。我剛才說的詭異事情，是那個女人和坐在最左邊的平頭男，居然背著中間的男人，在椅背後面握手，還做出奇妙的暗號。起初是那女人用手指，在平頭男的手背上寫字，然後換平頭男在那女人手上寫字回答。兩人就這樣寫來寫去，寫了好一陣子。」

「哈哈哈，這麼看來，他們可能背著另一個男人在約定幽會的事。可是這種事在世上算稀鬆平常，談不上什麼詭異吧？」

「我很想知道他們到底在寫什麼，所以一直盯著他們手指的動作。」

園村像是沒聽進我的酸言酸語，依然自顧自說得很起勁。

「毫無疑問的，他們的手指寫的是筆畫極其簡單的文字。我很輕易就看出他們用片假名在筆談。而且很巧的，中間的男人就坐在我前面，所以左右一男一女做的事，完全在我面前進行。當我發現那是片假名時，那女人的手指又開始在男人的手上滑動。我的眼睛貪婪地跟著她手指的路徑走，看出了這個句子『不可用藥，要用繩子』。而那男人好像遲遲不懂女人在寫什麼，所以女人又執著地仔細寫了兩三遍。男人似乎總算懂了，終於在女人手上寫下『何時較好』。女人回覆『兩三天內』。……這時中間的男人突然將身體往後仰，兩人便慌忙抽回了手，若無其事地假裝專心看電影。他們的祕密通訊也很遺憾地到此為止。可是『不可用藥，要用繩子』，這話究竟暗示什麼？如果光看『何時較好』和『兩三天內』，或許可以推定是在談約定幽會的事，但什麼藥啦繩子啦，幽會應該派不上用場吧，所以女人顯然在跟男人商量恐怖的犯罪事情。她在指使那個男人『與其用毒藥，繩子更好……』。」

不知道園村精神狀態的人聽了他這番話，可能會認為事實果真如此，畢竟他說得井然有序，條理分明。我不小心也會糊裡糊塗地掉進去，認為「啊，真的是這樣耶」。可是仔細想想，不管電影院有多暗，畢竟是人群聚集的地方，想在那裡用片假名討論殺人的事，應該沒有人會蠢到在那裡做這種事。所以我認為園村還是被一種幻覺所困，把他們寫的內容，按照自己想要的方向去解讀而搞錯了。我想要出言打破他的幻想，但也好奇他的瘋狂會發展到什麼程度，於是心想繼續觀察下去吧，便故意乖乖地閉嘴。

「這麼一來，我就不那麼害怕了，反而覺得越來越有趣，想知道更多他們密談的內容。例如在何時何處要進行犯罪，只要知道這個，我就能偷偷去看。這種好奇心油然而生。接著過了片刻，他們又將手伸到椅背後，然後慢慢往中間伸過去。這次女人捏著一個小團紙，悄悄遞到男人手中，然後兩人又把手收了回去。你也應該能夠想像，我眼睜睜看到這幅景象，多麼想知道那紙條的內容。男人收下紙條後，可能想看紙條寫了什麼，不久像是要上廁所般，起身離席了。過了五分鐘後，他回來了，將紙條在嘴裡咬得皺巴巴的，然後像扔擦鼻涕的紙，極其自然地往椅子後面丟，也就是丟在我的腳邊。我隨即偷偷用鞋底踩住它。」

「看來這男的也蠻大膽的呀。可是既然去了廁所，丟在廁所裡不就好了。」

我半是譏諷地說。

「這一點我也覺得有點怪，可能是忘記丟在廁所裡，回來想到才急忙丟在那裡吧？而且那上面寫的都是暗號，他可能認為丟在哪裡都沒關係。萬萬沒想到眼前就有一個會讀暗號的人。」

園村說得笑顏逐開，呵呵呵地笑了起來。

此時，時鐘傳出五點的聲響，但他講得正起勁，似乎完全沒注意到。

「我本來想等電影結束後，場內的燈光亮了，好好看看這三個人的長相，偏偏他們沒看完電影就走了。那個平頭男扔掉紙條後，女人就故意嘆了一口氣，催促中間的男人說：『這電影好無聊，我們走吧。』女人的聲音非常甜美，口吻顯得任性又嗲聲嗲氣的。她這麼一說，平頭男就接著附和：『對嘛，這部片子真的沒意思，喂，我們走吧。』中間的男人被這兩人如此一催，儘管顯得不情願也只好起身離席，三個人就這樣離開了。從這前後的情況來看，我覺得那兩個人打從一開始就不想看電影，只是想利用電影院的昏暗與雜沓來交換訊息。不過幸好他們走了，我才能輕易把紙條撿回來。」

「那，紙條上寫的暗號文字是什麼意思，你能說給我聽嗎？」

「讀過愛倫坡的小說就能輕易地懂了。這裡寫的數字和符號，分別代表英文二十六個字母，例如數字的5代表a，2代表b，3代表g。然後符號†代表d，*代表n，;代表t，?代表u。把這些連續的暗號改寫成ABC，再適當地加上標點符號，就成為以下這段奇妙的英文——

In the night of the Death of Buddha, at the time of the Death of Diana, there is a scale in the north of Neptune, where it must be committed by our hands.

懂了吧？變成這樣的英文句子。尤其裡面W這個字，在愛倫坡的小說裡是沒有的，所以他們用V來取代W。還有，為了讓你比較容易理解，D、B、N我擅自改寫成大寫的，原本是沒有大寫字母。再將這段英文翻譯過來就是——

佛陀入滅之夜，
黛安娜殞命之時，
Neptune 北方有一片魚鱗，
我們必須在那裡親手執行那件事。

怎麼樣？懂了吧？乍看或許一頭霧水，但仔細推敲就能明白箇中奧祕。『佛陀入滅之夜』指的應該是六曜[1]的佛滅之夜。這個月的佛滅日有四、五天，前天晚上那女人寫『兩三天內』，那她說的佛滅日一定是今天。接下來那句『黛安娜殞命之時』，黛安娜是月亮女神，所以這句指的可能是月落時分。今晚的月落時分是什麼時候呢？就是半夜一點三十六分。也就是說他們會在那時候犯案。麻煩的是接下來那一句，『Neptune 北方有一片魚鱗』，這顯然指的是地點，可是解不開這個地點之謎，就無法目睹殺人情景了。

如果 Neptune 這個名詞，完全超乎我們的想像，是他們之間在用的特有暗語，那就真的傷腦筋了。不過從前面的佛陀啦黛安娜看來，未必是太艱深的東西。Neptune 這個字是海神，也有海王星之意。所以我認為一定跟海或水有關，因此那時我腦海忽然浮現的是向島的海神。你也知道，那一帶非常荒涼，用來當犯罪地點是上上之選。至於整句『Neptune 北方有一片魚鱗』，這看來可能是水神的神社，或是八百松建築物北方，印有△鱗狀記號的房子或地點吧。既然只用了『水神之北』這麼籠統的指定，那個標誌應該是在意外容易發現的地方。最後一句『我們必須在那裡親手執行那件事』，『那件事』無須說明也知道是殺人犯罪吧。而『必須執行』，從『must be committed』的『commit』這個字的意思來看，也顯然是犯罪事件。『我們』和『親手』則是說那女人和平頭男要聯手犯案之意。再對照『不可用藥，要用繩子』，謎底就更清楚了，完全毫無懸念的餘地。我覺得可惜的是，上面沒寫會被殺的人是誰，不過從那晚的情況推測，可能是三人之中那個坐在中間，頭髮梳得油油亮亮的中分男吧。不過不管被殺的人是誰，都不是我們的問題。我們只要解開這個暗號之謎，確定時間與地點，躲在暗處看他們的行凶即可。所以，我們接下來要採取的行動，就是去向島的水神附近，尋找有鱗片記號的地方。怎麼樣？我已經說明到這種地步，你應該明白這是多麼破天荒令人興致盎然的事吧。所以你要想想看，眼前的情況，時間對我們有多麼寶貴。我為了跟你解釋這件事，從剛才到現在已經浪費一個半小時的寶貴時間了……」

---

1 六曜，是日本日曆的曆注，用以表示每日的吉凶，分別為先勝、友引、先負、佛滅、大安、赤口等六種，以此順序重複。佛滅為諸事不宜的大凶之日。

原來如此，經他這麼一說，我才發現已經五點半了。六月上旬的白晝較長，尚未有天黑的跡象，洋樓窗外依然亮得像大白天。

「浪費歸浪費，不過託你的福聽到了非常有趣的事。倒是話說回來，從前天到今天的空檔時間，你為何不先去找有鱗片記號的地方呢？」

我嘴上這麼說，其實是不知如何應付眼前的園村。此外也開始感受到那暫時被我忘卻的熬夜疲倦，如果可以，我實在不想陪他去。現在特地跑去向島，當一個無頭蒼蠅偵探的助手，光是想像我就覺得愚蠢至極。可是放他一個人去，我又更不放心。

「這哪需要你說啊，我昨天一早就去水神那一帶搜尋了一整天，可是到處都找不到鱗片記號的東西。因此我猜，那記號可能要到犯行的當天才會標出來。今天早上，那女人一定在那附近的某處做好記號了。昨天我已經鎖定了兩三處可能當作犯罪場所的地方，所以今天找起來應該不會太費事。但不管怎麼說，天黑了就是不方便，所以我們要立刻出發。好了，起來吧，快點。為了以防萬一，這個你也拿著。」

他從抽屜取出一把手槍，遞給我。

看到他如此熱衷著迷，就算我出言阻止，他也不可能死心斷念。總之為了打破他的幻想，最好的辦法還是和他去向島，證明到了今天也沒有任何地方有鱗片記號。如此一來，哪怕園村再怎麼瘋狂，也會醒悟到這一切只是自己的幻覺吧。我意識到這一點便乖乖收下手槍。

「好，那就出發吧。我們很像福爾摩斯與華生呢！」

我說完快活地起身。

我們在御成門搭計程車前往向島途中，園村的腦袋依然被他的幻想掌控，將軟呢帽壓得低低的遮住眼睛，雙手抱胸一副沉思模樣，片刻後又忽然精神抖擻地說：

「雖然今夜就會真相大白，不過你認為犯人是哪種類型？哪個階級的人呢？要是那天晚上，我能看清他們的服裝就好了，偏偏電影院實在太暗根本看不清楚。不過畢竟是會用愛倫坡小說暗號文字的人，所以那個女的和男的一定不是沒受教育，不，豈止不是沒受教育，搞不好是相當有學問的人。……高橋，你也這麼認為吧？」

「嗯，應該是吧。說不定是上流社會的人喔。」

「可是從另一個角度看，說不定不是上流社會的人，而是強盜殺人習以為常的，大規模犯罪組織的惡棍成員，要不然不會使用那種暗號文字。那種暗號文字解讀起來相當麻煩，像我這種外行人都得一一對照愛倫坡的原文才能解讀。可是那個平頭男，只在廁所花了五、六分鐘就看懂了。所以他們一定一年到頭都在用這種暗號，已經熟到像我們在看ＡＢＣ那麼熟，至今不曉得用這種暗號幹過多少壞事了。……這麼一想，就覺得他們不是普通的壞蛋。」

我們搭乘的計程車，駛過日比谷公園前，急速奔馳在馬場先門外的護城河畔。

「不過，不知道他們究竟是什麼人，對我來說又是一種樂趣。」

園村接著說：

「起初我認為，他們的犯罪動機可能出於戀愛關係，但如果他們是恐怖的殺人慣犯，就可能還有感情糾紛以外的原因。不管怎樣，我們只知道今晚深夜一點三十六分，在向島的水神北方，某人會被某人用繩子勒死。光這一點就足以挑起我的好奇心了。」

計程車已離開丸之內，朝淺草橋方向駛去。

＊＊＊

之後過了三小時，大約晚上八點半。我讓園村再度搭上計程車，返回他芝公園的家。一路上園村沮喪得令人同情，默默低頭不語。

「……唉，園村，所以說果然是你搞錯了啦。我看你最近好像有點過度亢奮，盡量讓情緒穩定下來比較好。不然明天你就離開這裡，換個環境如何？」

坐在搖晃的車裡，我頻頻試圖開導繃著一張臉沉思的園村。

事情是這樣的，那天晚上傍晚，從六點到八點多，我一直被園村拉著，在水神那一帶轉來轉去找了又找，果不其然就是找不到鱗片記號的東西。儘管如此，園村還是不死心，賭氣地說找不到就不回家，我百般勸哄才終於讓他放棄搜索。

「我這陣子真的有問題。經你這麼一說，我也覺得我好像瘋了……」

園村語氣消沉，說得宛如在呻吟。

「可是，我總覺得太奇怪了。那裡怎麼可能沒有鱗片記號呢……就算我再怎麼神經衰弱，前天晚上的事絕對錯不了。如果我有搞錯什麼，可能是那個暗號文字的解讀方法，或是那個文章的解謎方式，不曉得在哪裡搞錯了。總之我回家再好好重新想一想。」

他這麼說，顯然還不放棄他的幻想。聽得我好氣又好笑。

「你要重新思考也行，可是為了這種事耗費心神也什麼沒意義吧？就算你猜得沒錯，也沒必要為了這種事大費周章追查到底。我從昨天到現在都沒闔眼，真的累到不行了，我想在此和你道別，先回家睡覺。你也要適可而止，今晚早點睡覺。明天早上我再去找你玩，在那之前你絕對不要一個人跑出去喔。」

一直跟他耗下去會沒完沒了，因此我在淺草橋下車，搭上前往九段的電車。簡直像被狐狸擺了一道，我完全摸不著頭緒，頓時滿心沮喪。抵達向島後的三小時裡，園村瘋狂地尋找鱗片記號，連飯也沒讓我吃，我突然開始覺得飢腸轆轆。在神保町換搭前往巢鴨的電車後，因為睡意猛然襲來也就不覺得餓了。回到小石川的家，我立即倒頭就睡，沉睡到像睡死了一樣。

之後不曉得睡了幾小時，我在半夢半醒間聽到大門傳來叩叩叩的敲門聲，也聽到汽車的引擎聲。

「老公，有人在敲門耶。這麼晚了會是誰啊？而且好像坐汽車來的。」

妻子說著，把我叫起來。

「啊，又來了啊？那一定是園村啦。他最近有些不正常。嘖，真是傷腦筋。」

我無可奈何揉了揉惺忪睡眼，起身走去大門口。

「高橋，高橋，我跟你說，我剛才找到那個地方了。Neptune 指的不是水神，而是水天宮。是我誤解了。我在水天宮北方的新路，終於找到鱗片記號了。」

我將便門打開一條縫，他就衝進玄關泥土地還差點跌倒，湊在我耳畔悄悄地說：

「走，現在立刻出門。現在是十二點五十分整，只剩四十六分而已。我原本想自己一個人去，可是我已經答應你了，所以特地來找你。快！你趕快準備一下，我們立刻出發。」

「你終於找到了呀。可是已經十二點五十分了，現在去也不曉得能不能看得到。這樣反而會被他們發現很危險的，所以還是別去吧。」

「不，我絕不放棄。就算看不到，我也想蹲在門口聽被勒死的人的呻吟聲。而且就我剛才看到的，做了記號的房子是一間小平房，只有兩個房間，非常狹小。加上現在是夏天，什麼拉門的全都拆掉了，只掛了一兩張蘆葦簾子。還有我跟你說，後門那裡有一扇很大的肘掛窗[2]，那上面的擋雨窗有很多節孔和隙縫，從那裡一定能把屋裡看得一清二楚，這樣不是很棒嗎？好啦，快走啦，我跟你說這些又花了十分鐘了。現在剛好一點整。你到底去不去快點決定。你不去的話，我一個人自己去。」

我心想，哪有人會在那種地方殺人。可是事出突然，我又不能放他一個人去。真是快把我煩死了。看來我還是只能陪他一起去。

「好吧，你等一下。我準備一下馬上來。」

我返回屋裡，趕忙換衣服。

妻子瞪大眼睛問：

「怎麼啦？老公，大半夜的你要去哪裡？」

「這件事我還沒跟妳說，就園村那傢伙，從兩天前不曉得在發什麼神經，老說一些莫名其妙的事，我真拿他沒辦法。他現在來說，今晚人形町水天宮附近即將發生殺人事件，叫我跟他一起去看。」

「天啊真討厭，怎麼說這麼恐怖的事啊。」

「而且大半夜被他吵起來，我才火大呢！可是放著他不管，不曉得他會捅出什麼簍子，所以我打算半哄半騙把他送回家。真是受不了。」

我應付了一下妻子，又和園村坐上汽車。

深夜的街道十分靜謐。車子從白山上筆直前駛過高等學校，然後輕快地行駛在本鄉通的電車道石板路上。我覺得我彷彿還在夢中。

梅雨季前的初夏夜空，一半被陰霾烏雲黯淡籠罩著，一半看似疲睏的星辰在眨眼睛。

「十七分！只剩十七分了！」

車子行經松住町的車站時，園村以手電筒照著手錶大叫。

2 肘掛窗，坐在榻榻米上，手肘能靠上的窗戶。

「只剩十二分了！」

當他再度鬼叫時，車子宛如和他的腦袋一樣瘋狂，迅猛飛快地急轉彎，從和泉橋的拐彎處奔向人形町通。

我們故意在竈河岸附近下車，為了避開派出所前面，曲曲折折繞了好幾條小巷。我對這一帶不熟，只能隨著園村在昏暗狹窄的小路走來走去，完全不知道自己在哪個方位哪個地點。

「喂，快到了，腳步放輕點！就是那裡，五、六間前面的房子。」

園村一路默默地快步趕路，悄悄在我耳畔說話時，到了兩旁並排著髒亂長屋，鋪有水溝蓋的死巷子深處。

「哪裡？哪一家？哪裡有麟片記號？」

園村沒回答我這個問題，只是停下腳步定定地凝視手錶，然後突然以低沉沙啞卻力道十足的聲音說：

「完蛋了！這下完蛋了！超過兩分鐘了！已經三十八分了！」

「沒關係啦，記號在哪裡？告訴我記號在哪裡？」

既然他如此熱衷沉迷，我想這附近至少有類似鱗片的東西吧，於是如此追問。

「記號不重要，我晚點再慢慢告訴你。別再拖拖拉拉的，快來這裡，這裡這裡！」

他不容分說抓住我的肩頭，使勁將我拉進右邊平房與平房間的窄巷，那窄巷狹小得只能勉強容身。我看到好像垃圾桶之類的東西，黑暗中還有各種發酵的噁心腐臭味直撲我的鼻子。此外我的耳朵附近纏繞著蜘蛛網，走過的時候都好像把蜘蛛網弄破了。我抬眼一看，這才發現原本走在我前面五、六步的園村，不知何時已停下腳步，屏氣凝神，將臉貼在左側擋雨窗的節孔上。

窄巷的右側釘著一面壁板，左側，也就是現在園村貼著臉的地方，果真如他剛才所言，有一面很大的肘掛窗，外面套著滿是節孔和隙縫的遮雨窗，室內燈光從這些節孔隙縫流瀉而出。從光線的強度判斷，裡面想必開著極為明亮而炫目的電燈。我不由得走過去，與園村並肩，將眼睛貼在其中一個節孔上。

節孔的大小，大約剛好可以伸進一根拇指。我那已習慣戶外黑暗的眼睛，窺看的瞬間被強烈燈光照得我彷彿暫時失明，只模糊地看到有兩三個影像若隱若現，反倒是站在我旁邊的園村的激烈喘息聲還比較清楚。在這猶如死寂的靜謐中，他手錶的滴答聲，讓我覺得宛如亢奮的心臟鼓動。

過了一兩分鐘，我的視力也逐漸恢復了。最先映入眼簾的是，一根縱向筆直像雪白柱子般的東西。過了幾秒我才驚覺，原來那是一個背窗而坐的女人，從髮際延伸而下的後頸線條優美細長。可是說實在的，那個女人坐得離窗戶很近，幾乎遮住了整個節孔，真的很難看出是人的背影。我只能稍微看到她梳著潰島田髻[3]的頭，以及穿著夏天黑色羅紗外褂背部的一部分，腰部以下的狀態就超出我視線範圍了。

這房間並不寬敞，但不知為何點著至少五十燭光以上的燈泡，顯得非常明亮，這也難怪我起初會把女人的頸項看成雪白柱子。她稍稍低頭而坐，和服的後領露得很低，從髮際到衣領露出的肌膚塗著一層宛如刷上灰泥的厚厚白粉，在亮晃晃的燈光照耀下，反射出燃燒般的光芒。我和她的距離有多近？近到可以聞到她衣服的香水味甜蜜輕柔地撲鼻而來，甚至還能細數她一根根髮絲。那帶著水亮光澤的髮髻，美到令人懷疑是否剛梳好的。無論如鳥兒腹部隆起的雙鬢，或梳成俐落爽快、使人愛之欲狂的後髻造型，都顯得一絲不亂，彷如假髮般閃著烏黑油亮光澤。可惜我看不到她的臉，但那斜肩的婀娜優美曲線，以及從和服衣領露出宛如人偶的細長玉頸，還有從耳後髮際延伸到背部的肌膚，光是從背影就不難推測，她是令人驚豔千嬌百媚的女人。在這出乎意料的地方，竟能看到如此美艷的女人，就不枉費我在這裡偷窺節孔了。

在此，我有必要多記載一些乍見她時的剎那印象，與最初的一兩分鐘情景。即使園村的猜想是錯的，但深更半夜竟有一名女子做這種打扮，靜靜地坐在這種地方，這件事本身就非常不可思議。從她梳著潰島田髷來看，絕非一般良家婦女，顯然是藝伎，或從事與藝伎相近職業的人。進一步從最近花柳界的時尚流行趨勢來看，她的髮飾與衣著都相當華麗奢侈，若是藝伎也絕非偏僻郊區，八成是新橋或赤坂的一流紅牌藝伎。但話又說回來，她為何靜靜地坐在那裡？我真的百思不得其解。我剛才說她「靜靜地坐在這種地方」，她是真的像活人畫動也不動，完全「靜

3 島田髷源於東海道島田宿的藝伎開始梳而得名，為日本傳統髮型的代表。而潰島田髷則是宛如將島田髷壓垮般，後髻疏得較低。

止不動」。恍如從我在節孔窺看的瞬間，她就凝結了，伸著脖子，微微低頭，猶如化石般靜止不動。該不會是她察覺到屋外的腳步聲，霎時屏氣凝神，正在側耳傾聽吧？由於我猛然想到這個，慌忙將視線挪開節孔，看向園村，只見他依然專注在窺看屋內。

就在此時，原本靜悄悄的屋裡忽然有了動靜，像是踩在地板托梁鬆弛的榻榻米上，傳出吱嘎吱嘎細微聲響。我嘲笑園村的瘋狂，自己卻也不知不覺成為好奇心的俘虜，聽到這細微聲響，又好奇地將眼睛貼在節孔上。

短短一瞬間，大概一兩秒，那女人的位置與姿勢有了些許變化。可能是剛才的聲響所致。原本幾乎擋在節孔前面的她，斜斜地挪位了一個榻榻米左右，來到屋子中間的位置。這結果讓我視野大開，幾乎可以完整看到室內情況。就在我佇立的窗戶對面，也就是我面向之處，是一道長屋常見的黃色牆壁，牆上的壁紙已破爛得快要剝落。牆壁的左側有竹簾，右側的蘆葦簾子那邊連接簷廊，外面的擋雨窗似乎是關上的。剛才我就覺得她頭部後面有白色的東西若隱若現，此刻一看才知道，原來是個穿木棉浴衣的男人。他站在女人的左邊，緊貼著牆壁站著，臉朝向我這邊。年紀看來約十八、九歲，至多也不會超過二十歲，理著小平頭，膚色淺黑，個子很高，有點像年輕版的前代菊五郎[4]。我之所以特別將他比擬成前代菊五郎，不僅是因為他皮膚緊緻得有如昔日的江戶美男子，更因他清澈細長的眼睛與稍稍突出的下唇，令人聯想到狡猾的髮結新三[5]或鼠小僧[6]的下流與奸黠，真的是表露無遺。

然而他此時的表情令人費解，既不生氣也不笑，看似沉著又像在焦慮什麼。更令人費解的是，離他一兩尺的左邊角落，立著一個全黑狀似稻草人的東西。我想一窺稻草人的真面目，不得不扭來扭去挪動身體變換眼球的位置。

終於看清楚後，我發現那個稻草人頭上披著黑色天鵝絨布，以三隻腳站著，怎麼看都像裝著腳架的相機。從這狹小房間點著高亮度燈泡，以及女人動也不動來看，或許這個男的是要給她拍照吧。可是他們究竟有什麼必要，必須特地挑這種深

---

4 前代菊五郎，這裡應該是指第五代尾上菊五郎（1884-1903），歌舞伎演員。
5 髮結新三，是歌舞伎《梅雨小袖昔八丈》的主人翁，個性豪邁爽朗也有奸黠的一面。
6 鼠小僧，江戶後期的盜賊，本名次郎吉，因身手敏捷得此綽號，專偷大名宅邸的金銀財寶分送窮人。常被拿來當歌舞伎與小說的題材。

更半夜，在這髒兮兮的房裡拍照呢？難道有什麼原因非得如此祕密拍攝？

我猜測，這個男人想必是什麼違禁品的製造商，此刻正以這女人當模特兒在製作。這樣就能解釋眼前這幕景象了。

「真是荒謬至極。園村那傢伙居然把我拖來這種地方，現在他也總該察覺到了吧。」

我很想拍拍園村的肩，譏笑他：「離譜的殺人事件要開始了喔！」然而，儘管明白了事情真相，知道園村的猜想大錯特錯，我的好奇心卻朝著新的方向發展而去。從昨天下午開始，我就扮演名偵探的助手，被他拉在東京跑來跑去，最後看到的竟是這種滑稽場面，想想也是可笑，但又不能一笑置之。儘管不是殺人案，這也算是一樁小犯罪。光是深更半夜從門縫偷窺即將上演的光景，就已充分讓我體驗到，和看殺人慘劇同樣難以名狀的恐懼，以及緊張刺激的期待心情。我幾乎要別過臉去，不是基於我平日的潔癖，而來自侵襲我全身的顫慄。

但是，相機就只是孤零零地架在那裡，男人遲遲沒有動靜，依然靠牆站著，意味深長地凝視女人。在我觀察的這段時間裡，他也和女人一樣動也不動，一直靜靜地站著。那雙邪佞狡詐的眼睛，簡直像活人偶的玻璃眼珠閃閃發亮。女人仍然背對我坐著，但已鬆開膝蓋側身斜坐，因此腰部以下看得很清楚。垂放在榻榻米上的外褂下襬，只露出右腳潔淨純白的一半短布襪底部，還有和服的長袖尾端輕覆於上。剛才我只窺見她部分的上半身，此刻看到全身更覺得她淒豔的身材沒有騙我。那風情真是何等嫵媚多姿，體態真是何等婀娜柔軟啊。儘管她只是穿著不起一絲皺褶的柔軟薄衣寂然地坐著，那份嫵媚多姿與婀娜柔軟就遍及了她全身的曲線，宛如有滑溜溜的蛇在爬行形成的柔滑波浪。我睜著驚愕之眼凝視，越凝視越覺得有股裊裊的音樂餘韻沁入我心中，使我恍惚心醉神迷。

我的眼睛是如此執拗，如此著迷於她的嬌態，以致於一直沒注意到房間右邊有個巨大金盆。當我發現這個房裡有個巨大金盆時，比起先前的相機更讓我覺得是個詭異的謎。要是沒有這個女人在，我應該早就注意到了。說是巨大金盆，但那其實是個西洋浴缸，既深且長，是個上了琺瑯的橢圓容器，沉甸甸地直接放在靠近簷廊蘆葦簾前的榻榻米上。

他們究竟要拿這個浴缸做什麼呢？既然放在這個地方，想必不是沐浴用的。一邊放著相機，一邊放著浴缸，然後中間坐了個女人，這一整個到底是什麼意思？我細細思忖，終於逐漸明白浴缸的用途了。也就是說，他們一定要拍「美女沐浴圖」一之類的場景吧。但話又說回來，女人穿著和服也太奇怪了，可能接下來要換衣服準備吧。他們一直默默地待著，可能在思索拍攝的位置。對，一定是這樣。除了如此斷定，我無法揭開眼前這個謎團……

我暗自同意這個論點，繼續觀察他們的動靜。但他們遲遲沒有要準備的意思，女人一直低頭坐在原來的地方，男人也像一根柱子杵在那裡看著女人。在這萬籟俱寂的深夜，室內唯一無聲轉動的是那男人的眼球。但那眼球也只是在女人的胸部到膝蓋間打轉，絕不看其他地方。如是要選定拍照的位置，那眼球轉動的方式也太奇怪了。為了慎重起見，我也順著他銳利兇惡眼神的移動看過去，檢視他的注意力究竟集中在何處。

然而無論看多少遍，無論怎麼思索，他的視線毫無疑問地只徘徊在女人的胸部到膝蓋之間。不僅是他，連低頭靜坐的女人似乎也只凝視著自己的胸部與膝蓋。從背後來看，她的雙肘有些張開，像是做針線活的模樣，將雙手放在膝蓋上，像在玩弄膝蓋上的什麼東西。由於留意到這一點，我進而發現她膝上似乎有一團不聲不響的黑色物體，一直延伸到被她身體擋住的前面榻榻米那邊。

「……難道是有個男人，枕在她膝上睡覺嗎？」

我倏然這麼想的瞬間，突然傳來咚的一聲，像是拖曳重物落地的聲響，此時她轉身看向相機的方向。我才發現她膝上確實仰躺著一個男人，但已經是一具屍體躺在那裡。

我不知該如何形容目擊到這一幕瞬間的心情。因為這是我未曾有過的經驗，總之就是快要窒息，覺得體內的血液好像快流光了，意識變得越來越朦朧，陷入一種近乎靈魂脫殼恍惚縹緲的無感覺狀態。我知道那是一具屍體，不僅因為那個男的明明在睡覺，眼睛卻是睜開的，還有他穿著瀟灑的燕尾服，衣領卻被扯得亂七八糟，脖子還被一圈圈地纏著鮮紅色的女用縐綢腰帶。那死相顯得相當痛苦，雙手像是在半空中想抓回自己逃走的靈魂，卻撲了個空落在女人胸前繡著炫麗奪目青瓷色藤花的和服襯領上。她將雙手伸進屍體的腋下，屈身想一口氣把那鮪魚般躺著的屍體翻過去，但只翻過去上半身，穿著白色背心肥嘟嘟如土丘般隆起的腹部以下部分，依舊彎曲成く字形攤在榻榻米上。以她纖細的腕力，恐怕無法挪動這個大腹便便的肥胖男屍。這個男的身材短小但體型相當肥胖，面貌看不太清楚，從側面只能看到鼻子很低，額頭突出，有著如酒醉般紅黑的皮膚，年約三十左右，感覺是個其貌不揚的醜男。

事已至此，我不得不承認，我原本以為園村是發瘋了精神不正常，但他的猜測確實是對的。霎時，我若有所悟地看向被殺的男人的頭。那碰到女人銀色鱗片圖樣腰帶的頭髮，果如園村推測的，梳成漂亮的中分頭，還用髮油固定顯得油油亮亮。

接著映入我眼簾的不只男人屍體。那個低頭凝視膝上屍體表情的女人豐潤雙頰，與雕刻般立體的側臉，也清晰出現在我視野裡了。天花板上如白晝般明亮的電燈，彷彿也欣喜地放出光芒照著她美麗的肌膚。她的輪廓在燈光照耀下，清晰精細到梳齒般整齊的睫毛都數得出來，沒有一絲陰翳之處。她時不時低頭微張的眼睛上，柔和飽滿的上眼瞼顯得非常高雅；高挺到令人覺得嚴厲的鼻樑曲線顯得非常高尚；宛如蘋果臉般惹人愛憐的雙頰之間，紅豔醒目的嘴唇顯得非常高貴；從下唇的唇端光滑而下的下顎，不僅緊緻了整張臉的肌膚，也連結細長的後頸顯得非常優雅。我的心貪婪地一一停留在這精緻的五官上。

她的容貌讓我覺得美到這般地步，可能是這房裡極其異常的情景助長了效果。但縱使有這些因素，她依然無庸置疑是相當出色的美女。近來我也厭倦了純日式藝伎風美女，但她的臉型並非草雙紙[7]那種瓜子臉，而是帶點嬰兒肥的年輕圓潤，在嬌嫩欲滴的柔軟中，有著冷若冰霜的端麗五官，整張臉奇妙地交錯著嬌媚與高傲。

若硬要在這張臉挑出什麼缺點，那就是狹窄的美人尖破壞了整體和諧，顯得有些鄙俗低賤；從左右逼向眉心的眉毛過粗，顯得壞心眼，脾氣很差；還有那像是硬要壓抑渾身散發的嬌媚而緊閉的雙唇，帶著彷彿剛喝下苦澀湯藥反胃的憂鬱餘味，緊緊地閉出一道苦澀的皺褶。——首先大概就是這樣吧。但這些缺點反而生動地適合這悽慘景象，不僅加深了她的美，更增添了妖豔風情。

看來我們窺看這個房間時，是在男人被殺不久之後。又或者我剛把眼睛貼在節孔上時，男人說不定才剛要斷氣。靠牆而站的平頭男和那女人之所以長時間靜默不

7 草雙紙，江戶時期輕薄短小、附有插圖的戲作小說書類。

語，一定是因為剛殺了人，一時陷入茫然失神狀態。

「大姐，可以了吧？」

平頭男終於回神般眨眨眼睛，低聲如此囁嚅。

「嗯，可以了。好了，快拍照吧。」

女人說完，露出如閃著剃刀光芒的冷笑。原本一直低頭垂眼的她，此時倏地抬頭睜大眼睛。這時我才發現，她那黑曜石般又黑又大的瞳眸，神奇地沉著鎮定，彷如靜謐溢出的湧泉，泛著意味深長卻深不見底的光芒。

「那請妳稍微後退一點……」

男人如此一說，兩人便開始迅速行動。女人拖著屍體，後退到房間右邊的浴缸旁，然後轉身朝向正面。男人則是走到相機旁，將鏡頭對準女人，頻頻調整焦距。女人原本就氣勢逼人的眉頭益發凜凜地往上吊，倒剪屍體的雙臂，奮力撐著快從膝上滑落的大肚腩屍體。屍體上半身比之前被抱得更高，頭頂幾乎快碰到女人的下顎，臉依然癱軟地朝上。從這幅情景來看，男人要拍攝的對象並非梳著潰島田髻的女人豔姿，而是被奇怪勒死的人的死相。

「怎麼樣？可不可以再抬高一點？他實在太胖了，肚子很礙事，上面拍不到啊。」

「可是他太重了，我實在沒辦法抬得更高。這肚子實在大到太不像話了，畢竟是有七十五公斤的人啊。」

兩人就這樣泰然自若地交談，然後男人插入感光板，取下鏡頭的蓋子。從開拍到蓋回鏡頭蓋花了不少時間。這期間，穿著燕尾服的屍體，雙手像青蛙的腿一樣攤開，頭軟綿綿地倒向左邊，宛如哭鬧撒嬌的孩子被母親抱起，手腳擺爛地下垂。纏繞在脖子上的大紅縐綢腰帶當然也一併鬆軟垂落。

「拍好了。可以了。」

男人此話一出，女人鬆了一口氣，放手讓屍體橫倒在地，然後從腰際取出小手鏡——即使這種時候，她都生怕美麗髮型會亂掉似的，伸出戴著珍珠與鑽石戒指如象牙般白皙的手，仔細在潰島田髷的髮鬢上撫摸了兩三次。

男人走進竹簾後的廚房，似乎打開了水龍頭，傳來一陣像水注入桶子的嘩啦水聲。之後過了不久，一股極其異樣像藥房難聞的刺鼻藥味，尖銳地撲鼻而來。起初，我以為男人在沖洗照片，可是那藥味實在太詭異了，氣味強到我都快被嗆出眼淚，比較像煙燻硫磺的味道。

接著，男人從竹簾後面出來，雙手拿著玻璃試管說：

「終於調好了，不知道成果如何？不過調到這個顏色了應該沒問題吧？」

男子站在電燈正下方，搖搖試管裡的液體，透過燈光觀察色澤。

可惜我沒什麼化學知識，完全不知道那兩支試管裝的液體是什麼性質的藥物，但那詭異的氣味確實是從試管散發出來的。男人右手拿的試管藥液帶著清澈的紫色，左手的藥液則如薄荷般澄透青綠，在充滿電燈炫目的光線裡，顯得晶瑩剔透璀璨閃亮，真是美極了。

「哇，這顏色真漂亮啊，簡直像紫水晶和祖母綠。能調出這種顏色就沒問題了喔。」

女人說著嫣然一笑。這次的笑法不像之前那麼誇張，雖然張開嘴巴，但沒發出笑聲，只是露出燦笑表情。上排右邊的犬齒是金牙，左邊露出一顆虎牙，使得如花般的燦笑增添了幾分可愛。

「真的很美啊。看著顏色根本不會想到是恐怖的毒藥。」
男人將試管拿得比眼睛高，看得出神入迷。
「就因為是可怕的毒藥才美啊。俗話說惡魔和上帝一樣美不是嗎？」
「也是啦。不過有這個就放心了。用這個藥來溶解就不會留下任何痕跡。所有的證物都會消失……」
男人自言自語般說這番話，信步走到浴缸前，將試管裡的藥液一滴滴徐徐倒入浴缸，然後又回去廚房提了五、六桶水來，將它們全部倒入浴缸。
之後他們做了什麼呢？用那個藥液溶解了什麼呢？而那個散發硫磺般異臭卻有寶石般美麗色澤的藥，又是用什麼來做的呢？世上真的有那種藥嗎？——這些種種，如今想來依然恍如夢境。
過了片刻，男人說：
「這樣放著，明天早上大概就全部溶化掉了。」
「可是他這麼胖，沒辦法像上次松村先生那麼順利吧。身體要完全融化可能要花更多時間。」

女人如此從容回答，是在他們聯手抬起屍體——依然穿著燕尾服——咚的一聲放進裝滿藥水的浴缸之後。

浸泡屍體時，女人俐落地繫上束袖帶，露出兩隻白皙手臂，將屍體扔進浴缸後也沒解下束袖帶，而是將雙手撐在浴缸邊緣，彷如莎樂美凝望井裡的約翰的頭，專注地看著水面。此時我清楚地看見，她左手腕上方七、八寸處，有如大理石光滑的手臂上，帶著兩圈蛇狀鑲著紅寶石的黃金臂環。

但是很遺憾的，我無法清楚看見被殺的男人屍體如何被藥水溶解。前面我也說過，那是西式浴缸，側邊很高，我只能隱約看到浮出水面的大肚腩，以及如沸水般在肚子周圍噗滋噗滋冒起的細小泡沫。

「哈哈，看來今天的藥特別有效。妳看，那個大肚子漸漸溶化掉了。照這麼看來，可能不用到明天早上就溶化完了。」

聽到平頭男如此一說，我更定睛凝視，實在太驚人了。那個大肚子真的像氣球消風般，慢慢地萎縮下去，最後連白色背心全部沉入水中。

「確實很順利啊。剩下的明天再說吧，差不多該睡了。」

女人筋疲力盡癱坐在榻榻米上，從懷裡取出金嘴香菸[8]，劃了根火柴點上。

平頭男照她所言，從簷廊那邊的壁櫥拿出非常漂亮的寢具，鋪在房間中央。墊被是沉甸甸的厚棉雙層墊被，下層是如貓皮毛般的光潤柔滑黑天鵝絨，上層是純白的緞子。輕柔且觸感看似涼爽的麻質袖被[9]印著淡桃色的薔薇花圖案。男人將女人的棉被鋪好後，走去隔壁房間的玄關，另外為自己鋪棉被。

女人換上白色絲綢睡衣，輕輕踩在如沼澤般柔軟的被褥上，然後宛如雪女般站直身子，抬手關掉電燈。

如果那時女人沒有關燈……那晚的我們可能會忘記身處險境，被眼前的情境迷惑，一直看著節孔到天明吧。由於室內突然一片漆黑，我這才想起自己已經在這窄巷深處站了一個多小時。然而坦白說，縱使室內已一片漆黑，我們好像還在期待什麼似的，半是茫然地站在窗前。

8 金嘴香菸，以金色紙包住濾嘴部分的香菸。

9 袖被，一種含袖的夜服性寢被。

彷如大夢初醒後，首先襲上我心頭的不安是，如何能不讓他們聽到腳步聲，從這個窄巷溜出去？在這侷促只能勉強容下一個人的窄巷裡，萬一響起了腳步聲，他們不可能聽不到。剛才他們的竊竊私語都能傳進我耳裡了，就知道我們和他們的距離有多近。萬一他們知道我們目擊了他們的罪狀，我們會有什麼下場呢？他們做起壞事有多麼膽大包天，手段有多麼高明，計畫有多麼縝密，執念有多麼深，從今晚的事就能想像個大概。就算我們能安然逃離這裡，可是一旦被他們盯上，恐怕隨時都有生命危險。那個穿燕尾服被扔進浴缸遭藥水溶化的男人下場，說不定也在等著我們。——至少我們必須帶著這種覺悟，日日夜夜活得戰戰兢兢。想到這裡，我更不敢輕舉妄動了。

我覺得自己陷入了窮途末路的困境。情急之下能想到的是，總之先在這裡靜靜地待個二、三十分鐘，等他們都睡著了再悄悄離開才是萬全之策。園村站得比我更裡面，所以只要我不動，他當然也出不去。而園村想法似乎跟我一樣，他緊緊握住我的右手，彷彿在告誡我別輕舉妄動，屏氣凝神靜靜地站著。

我覺得我和園村都很厲害，在這種情況下竟能保有如此理智的判斷力與沉著。

明明緊張到牙齒打顫，雙腳居然能穩穩支撐著身體。要是那時，我們的顫慄再稍微激烈點，我的身體、手臂、膝蓋的抖動更劇烈點，能完全不發出絲毫聲響嗎？我真的深深感受到，即使像我這樣的膽小鬼，在几死一生之際，竟也能湧現類似奇蹟般的勇氣。

然而所幸，我們無須在那裡站太久。因為熄燈後不到十分鐘，室內便傳出女人熟睡的呼吸聲，以及平頭男震天價響的打呼聲——真是何等大膽的傢伙啊——那聲音聽起來也太放鬆了。但我們也因此撿回了一條命，躡手躡腳小心翼翼地走出了那條窄巷。

出了巷口後，園村拍拍我的肩說：

「等一下，我還沒告訴你那個鱗片記號在哪裡。你看那裡，那裡有個白色三角形記號吧。」

園村說完，指向那家的屋簷下方。原來如此，門牌邊有個用白色粉筆畫的鱗片記號，即使在夜晚也看得很清楚。

我越想越覺得，這一切如謎似幻。說是謎，這個謎也太詭異了；說是幻，這個幻境也太清晰了。我確實親眼目擊了這幅景象，但不知為何，我依然不禁覺得自己被騙了。

「要是我們早來個兩三分鐘，就能從那個男人被殺的場面看起了。真是太可惜了。」

園村如此說道。我們不約而同再度走過彎彎曲曲的巷弄，來到人形町通往江戶橋走去。濕氣沉重的夜風涼颼颼吹在我臉上，原本半是晴朗的夜空，不知何時星辰已全然消失，烏雲如舊棉被的棉絮布滿整片天空，彷彿即將下雨。

「園村……就算聲音很小，最好也別在路上講這種事。還有，我們現在是要往哪裡走？怎麼回去呢？大半夜的在這種地方閒晃，要是被捲進什麼事件就麻煩了。」

我沉著一張臉，如此告誡園村。看來我比園村更激動，更脫離常軌。

「捲進什麼事件？不會有這種事啦。你這叫杞人憂天。難道你認為那起犯罪明天早上會上報，揭露在世人面前？犯罪手段那麼高明的傢伙，不會笨到留下證據，引發刑事問題吧。被殺的男人，可能只會變成失蹤人口，警方協尋一段時間就會被遺忘吧。我認為一定會這樣，所以就算我們是他們的同夥，也永遠不用擔心社會會一直盯著我們的罪行。我擔心的不是被社會盯上，而是被他們盯上。要是被那個男的和女的盯上，我們鐵定死路一條，這才是最恐怖的。可是幸好，我們沒被他們發現就逃出來了，所以我們是絕對安全的。你真的不用擔心啦。既然我們已經確實脫離了生命危險，接下來我還有很多事要做呢……」

「什麼事？今晚的事件不是已經結束了嗎？」

我不懂園村這話的意思，一邊問，一邊狐疑地看著他賊笑的表情。

「不，事情哪有怎麼快結束，接下來的才有趣呢！因為他們沒發現我，我要利用這一點，裝作不知道故意接近他們。你就等著看好戲吧。」

「你真的別做這麼危險的事啦！我已經知道你當偵探有多厲害了。」

對於他的異想天開，與其說驚訝，其實我很生氣。

「偵探的工作結束了，接下來要做別的事。詳情我在車上再跟你說。反正已經很晚了，今晚你就住我家吧。」

園村說完立即攔下一台從魚河岸疾駛而來的計程車。

計程車載著我們，行經中央郵局前面朝日本橋駛去，然後一直線走在深夜路面電車道的大馬路上。

「好，我繼續跟你說剛才的事。」

園村探過身來看著我說。從那時起，他顯得越來越有活力，眼裡充滿不尋常的光輝，使我不得不認為，就算他不到完全瘋狂，至少精神有些異常。有時他的神經非常敏銳，有時又很遲鈍，前一秒還腦袋清晰得令人毛骨悚然，下一秒卻像小孩般變得天真無邪，這種情況怎麼看都是病態。一定是有病，才會預測到今晚這種恐怖事件。

「接下來我要做什麼，有什麼計畫，你只要慢慢聽我說就會明白。但在那之前我要先問你，你看了今晚那個犯罪情景有什麼感覺？當然想必覺得很恐怖吧。可是只有恐怖嗎？除了恐怖以外，譬如那個女人的舉止或容貌，你不覺得有什麼奇怪嗎？」

園村像連珠炮地問我。

但我的心情沉重到無法回答。烙印在我腦海深處的那幅景象，我恐怕一生都忘不了。想起那幅景象，我就像被幽靈附體般，只能無力茫然地看著園村的臉。

「直到你從那個節孔窺看室內之前，你都在懷疑我的猜測吧？你打從一開始就不認為能看到什麼殺人場面吧？」

園村毫不顧忌地繼續說：

「你從昨天就認為我瘋了。你是帶著照顧瘋子的心態，陪我去那個窄巷深處吧？你面對我的時候，心裡覺得很困擾，表面上隨便應付我，我都看在眼裡喔。我很清楚你把我當瘋子看，不，有時候你未必認為我瘋了。不過不管我是不是瘋子，從那個節孔看到的情景，已經是無庸置疑的事實。你也無法否認這一點。可是你和我不同，你沒有預料到會真的看見那幅景象，所以你驚愕恐懼的程度一定比我高。至少我認為，我比你更冷靜觀察那幅景象。第一眼看到那女人膝上躺著屍體時，我的驚愕可能不輸你，但我驚愕的原因，可能跟你完全不同。

在那女人還背對我們的時候，你八成沒注意到她膝上有什麼東西吧，所以也不知道那女人和平頭男究竟在做什麼。但是我很早就相信暗處一定隱藏著屍體。你應該還記得，那女人最初坐的地方離我們很近，近到快把節孔擋住了。而且我看的那個節孔，大概比你的低一尺，所以起初我只能看到她的背部、右肩、對面的部分牆壁，以及浴缸的側面而已。後來，她以跪坐的方式往前移了一、兩公尺吧。那時你的眼睛好像離開了節孔一下，她就是在那個時候以膝蓋往前挪了一個榻榻米左右。可是她依然是背對著我們直線往前挪，所以我們看不見她前面放著什麼東西。不過也是從那時起，我們可以完整看到她的背部了。她的身體稍稍左傾，雙手放在膝上彷彿在做針線活地坐著。怎麼樣，我沒說錯吧？那個姿勢，我一看就直覺她膝上一定枕著被勒死的人頭。乍看似乎沒什麼，但那副模樣絕非膝上放著普通東西的姿勢。我不知道你有沒有察覺到，她把背骨和腰骨伸得很直，只有脖子以上向前彎，那個俯首的樣子也很不自然。她的體態顯得很有氣勢又柔軟，而且穿著柔軟的和服，若不仔細看，很難察覺不自然之處。總之她膝上放著某種重物，那姿勢像是使盡全力在支撐。尤其力量集中在雙臂，從左右肩膀到手肘都在使力，儘管輕微，但我確實留意到她肌肉顫動的樣子。而且那顫動時不時會傳到她的長袖上，有的甚至像波浪起伏。所以我猜想，那時她是挪到被殺倒地的男人旁邊，將屍體上半身放在自己的膝上，確認那個男的是不是真的斷氣了，為了以防萬一又再度勒緊他的脖子，所以才會出現那種姿勢。她會使力到手臂顫動，是因為用雙手拉緊綴綢腰帶所致。我就是從那時察覺到她身體擋著一具屍體，所以真的看到屍體時，並沒有特別驚訝。讓我驚訝的反倒是，那女人的容貌之美。之前我的注意力一直被犯罪奪走，因此看到她的容顏時，真是萬分驚訝……」

「也是啦，我也承認她長得很美啦。」

這時，我突然被園村觸怒了，不懷好意地插嘴。

「承認歸承認，不過你事到如今讚美她的美貌也太奇怪了吧？她是相當出色的美女沒錯，可是那種姿色的美女，一流藝伎裡多得是吧。難道你以前在新橋或赤坂玩的時候，沒看過那種姿色的女人嗎？」

我說得相當冷嘲熱諷。為何我要這樣酸他呢？因為園村近來宣稱「藝伎根本沒有半個美女」，就不再去找藝伎風流了，開始沉迷於西洋電影。即使想要女人的時候，也只是特地跑去吉原的小格子[10]或六區的銘酒屋[11]，簡單地滿足性慾需求。有段時期，他幾乎是以散盡父母遺產之勢，流連於青樓藝伎，但最近對藝伎相當反感，還經常在我面前說：「淺草公園銘酒屋的女人比她們漂亮多了。」他明明已經對藝伎興致缺缺，卻稱讚起今晚那個女人，總覺得有些矛盾。

「是沒錯啦，單就容貌來說，那種姿色新橋和赤坂都有。可是你要想想看，那女人未必是藝伎喔。」

園村有些狼狽地勉強辯解。

「可是她梳著潰島田髷，又是那種打扮，認為她是藝伎很合理吧。至少她的美就是藝伎之美，沒有超出藝伎的範疇吧？」

「哎，你先別這麼說，聽我把話說完嘛。從她的儀表和穿著嗜好來看，確實會讓人以為是藝伎。此外我也承認，她的容貌也像明信片常見的藝伎類型。可是你有沒有注意到，她粗濃眉毛和眼睛的眉宇之間，散發著詭異氛圍，那表情帶著獸性極強的殘忍與強悍。還有她的嘴唇有種冷酷且深不可測的奸巧，而且那線條與色澤帶著一種懊惱悔恨般的奇妙憂鬱氣息，這一點你又是怎麼看的呢？藝伎裡有這種病態美的人嗎？如果把五官一一分開來看，比她美的女人多得是吧。可是像她那樣帶有深度之美的，在藝伎裡找得到嗎？對吧，你也這麼認為吧？」

「我不這麼認為喔。」

我極其冷淡地繼續說：

「那張臉是很美沒錯，但我認為只不過是常見的美女類型。你要仔細想想看那是什麼情況，那個時候，那個女人在殺人喔。做那麼恐怖的惡行，任何人的表情都會很駭人吧。這表情再加上深度，當然就變成病態美啊。只因那女人是個美女，所以助長了病態美，看起來顯得鬼氣森森而已。如果你在藝伎的宴席上看到她，應該會覺得她就是個普通藝伎吧。」

我們如此議論之際，計程車已停在芝公園的園村家門前。

此時已快清晨四點，短短的夏夜天空已逐漸泛白。我們奔波了一整夜，卻依然無意讓疲憊的身體休息，兩人再度像昨天傍晚那樣，坐在書房的沙發喝白蘭地，吞雲吐霧地抽菸，激烈地唇槍舌戰。

「可是話說回來，我不懂你為何要一直討論那女人的容貌？我覺得那起犯罪的

10 吉原的小格子，吉原為舊時東京台東區的妓館區，位階較低的妓女會在小格子（格子窗座敷）叫喚路過客人。

11 六區的銘酒屋，六區為東京淺草公園六區的風化街。銘酒屋是以賣名酒為幌子的私娼酒館。

性質才是更不可思議。」

我如此一說，園村將抵在唇邊的酒一飲而盡，將酒杯放在桌上後開口：

「我想接近那個女人……」

他低聲悄悄地說，說得像豁出去似的，卻又奇妙地像不知如何是好，說完還長長嘆了一口氣。

「你的毛病又發作了嗎？」

我在心中這麼想，遂忍不住脫口而出。

「……我不會害你，你就聽我的勸吧。別再做這種異想天開的傻事了。你去接近那個女人，下場會跟那個燕尾服男一樣喔，這樣你也無所謂嗎？不管你好奇心再怎麼旺盛，被勒死泡在藥水裡就沒命了喔。不過，如果你真的不要命了，去接近她也可以啦。」

「去接近她也不見得一定會被殺吧。一開始小心謹慎就不會出事。而且剛才我也跟你說過了，她不知道我們已經掌握了她的祕密，所以不會胡亂殺死我。這是最有趣的地方。」

「你真的腦筋不正常，就算不到發瘋的程度，也是神經衰弱得很嚴重。我勸你真的小心點。」

「喔，謝謝。我很感謝你的忠告，那你就放手讓我做去吧。最近我的生活索然無味，總覺得生無可戀，如果不來點什麼刺激的事，真的快活不下去了。要是沒有今晚這種有趣的事，我反而才會無聊到發瘋呢！」

園村說這話之際，宛如在慶祝自己的瘋狂般又喝了好幾杯。平日就貪杯的他，已有輕微酒精中毒，不喝酒的時候手指會顫抖，但喝到有點茫的時候，臉色會開始發白，瞳眸澄澈得如深邃洞穴，反而奇妙地沉著起來。

「如果你確信不會被殺，要去接近也行啦。可是你要怎麼接近那個女人呢？你知道她的身分和背景嗎？就算她是幹藝伎這一行的，一定也不是普通藝伎。她為什麼要殺人呢？那麼可怕的藥又是從哪裡弄來的？還有她跟那個平頭男是什麼關係？你要查清這些事情再接近她比較安全。至少這些，你要聽我的忠告。」

我真的由衷擔心園村，擔心得不得了。

「嗯嗯。」

園村冷淡地笑了笑又說：

「這一點我也注意到了。我大概猜得到那女人和平頭男是什麼關係。現在我思考的是，要用什麼手段，利用什麼機會，才能以最自然的方式接近他們。如果那女人真像你說的是個藝伎，那接近她很容易，但我不相信她是藝伎。」

「我又沒斷言她是藝伎，只是覺得做那種打扮的人，除了藝伎很少見，所以我能想到真的只有藝伎。如果你不認為她是藝伎，你倒是說說她是哪種人？不只是這個，還有她的犯罪動機為何？為什麼要特地給屍體拍照？為什麼要用藥水溶化屍體？還有那個恐怖的藥叫什麼藥名？要是你能說明，全部說給我聽聽看。那起詭異事件的一切，對我來說簡直像個謎團，根本難以理解。我從剛才就很想聽你對這一切的看法了。」

我提出的這些問題，對園村可能不太好，說不定會把他已經不正常的腦袋導向更奇怪的方向。儘管如此，那個犯罪場面已經煽起我的好奇心，我實在非問不可。

「我也有很多地方想不通。不過我就把我觀察到的，大致跟你說一下吧。」

然後園村就以老師教導學生的口吻，諄諄教誨地開始敘說。

「要如何解開這些疑問，其實我現在也還在思索，雖然還不到能給出明確答案的地步，但首先我能確定是，那女人不是藝伎。之前在電影院看到她的時候，她梳著女學生流行的庇髮[12]，而且至少寫片假名的左手沒有戴今晚的戒指。還有，我們把眼睛湊上節孔的瞬間，她和服散發的甜美芳香氣味撲鼻而來吧。可是在電影院的那天晚上，我和她離得更近，而且我的嗅覺又特別靈敏，依然沒聞到任何香味。但這不代表那晚的女人和今夜的女人是不同人。一個會用藥水去溶解屍體，企圖完全毀屍滅跡的人，不可能委由別人去商量這麼重要的事。會以片假名和暗號文字跟平頭男商量要事來看，也能判斷那晚的女人和今夜的女人，肯定是同一個人。所以那個女人，想必有因場合而變換衣著打扮的癖好。如果她是個慣犯惡人，就更有必要變裝了。視場合需要，時而梳潰島田髻扮成藝伎，時而梳庇髮裝出女學生的樣子。如果她真是藝伎，那天去看電影戴戒指也無所謂吧，身上噴個香水應該也可以吧。

12 庇髮，是束髮的一種，盛行於明治、大正年間。當時女性流行起西洋風，只將頭髮束起顯得高聳蓬鬆，不像傳統日本盤髮需要他人幫忙梳理。尤其女學生常梳這種髮型。

更何況今晚她和服上的香味，並不是一般藝伎用的香水味……」

園村繼續說：

「你知道那是什麼香味嗎？那不是香水喔。那是古典沉香的香味。她今晚穿的衣服用沉香薰過。你想想看，現在的藝伎很少會在衣服薰沉香吧。從這一點也可以看出，她顯然是有另類嗜好的人。這種另類嗜好的證據，也出現在她搬屍體時。不曉得你有沒有看到，她搬屍體時繫上束袖帶，露出的左手臂戴著漂亮的臂環。就算一般藝伎會戴臂環，那個臂環的品味也太刺眼，顯得相當毒辣。她梳著潰島田髷，穿著薰沉香的和服，卻戴上那種刺眼毒辣的臂環，你不覺得很突兀，相當不協調嗎？總之，她就只是一個喜歡標新立異的女人。還有，被她殺掉的那個男人穿著燕尾服，這一點你要考慮在內。那種場合穿燕尾服實在太詭異了，更把這起事件帶進了迷宮。燕尾服和藝伎，這種對照有點奇妙吧？還有，那女人對平頭男說過『可怕的東西都很美。惡魔和上帝一樣美』之類的話吧。藝伎說這種話，太過狂妄了。再把之前在電影院交換訊息的暗號文字放進來想，如果那英文是她自己寫的，實在不是一名藝伎辦得到的。而且有這種教育程度的女人，絕對不會去當藝伎。如果有這種美貌與才智的藝伎，我們不可能至今都不知道。況且一個藝伎，怎麼能弄到那麼恐怖的藥呢？而且她還深諳那個藥的調配方法，似乎還指示平頭男去調配不是嗎？從以上種種理由來看，我相信她不是藝伎，但最後我還有一個有力證據來支持我的推論。那就是她把屍體泡進藥水時，說了這麼一句話：『這個男人太胖了，身體完全溶化要花很多時間，沒辦法像上次松村先生那麼順利。』你記得她說過這句話吧。那麼對松村這個名字，你有想起什麼嗎？」

「沒錯，她好像說過松村這個名字。可是我沒有特別想到什麼，這個松村是在說誰？」

「前陣子，剛好距今兩個月前，報紙有刊出麴町的松村子爵下落不明的新聞，你看過這則報導嗎？」

「原來如此。我記不太清楚了，但印象中有看過。」

「這則新聞在早報和前一天的晚報都有登，還放了當事人的照片。晚報記載得很詳細，甚至刊載了家人的談話，說子爵失蹤一個禮拜前，才剛從歐美旅遊回來，但路途中得了憂鬱症，回到東京也每天關在家裡，誰都不肯見。然後有一天他悶得受不了說要出去旅行一個月就出門了，就這樣下落不明。

據家人所言，子爵說要去京都再去奈良，然後再去道後溫泉。沒有人陪他去，只有一個家僕送他去中央車站，幫他買了到京都的車票，送他上車而已。總之家人的看法是，子爵可能在旅行途中，精神越來越不正常，說不定自殺了。他出發時帶了很多旅費，也沒發現他留下遺書之類的東西，應該不是早就打算要自殺，而是臨時起意吧。大致是這樣。之後連著十天，松村家每天都在報紙放登子爵的照片，刊登尋人懸賞啟事，但卻沒有得到有力的線索。雖然子爵從東京出發的隔天早上，有人在京都七条車站看到貌似子爵的紳士，和一位年輕貴婦風的女子一起走出月台。可是根據家僕所言，子爵長期待在歐洲，回國之後也過著孤獨的生活，社交界應該連一個熟人也沒有，更是從來沒涉足過花柳界，所以子爵和年輕貴婦人同行一事，絕對不可能是真的，應該是認錯人了。之後過了兩個月，沒有找到子爵行蹤的報導，也沒有發現屍體的報導。結果現在依然不知道子爵是生是死。我看到那則新聞時，其實也沒有特別在意，不過聽到那女人說『松村先生』，我忽然直覺一定在說子爵。死在她手上的松村先生，可能是子爵吧？不，一定是子爵，一定沒錯。我是這麼覺得……懂了吧，你也好好想想看。子爵從東京去京都就生死不明，如果是在抵達京都前的火車裡發生什麼變故，不可能沒人知道，所以在抵達京都之前應該是平安無事。如果子爵遭到什麼變故，也是在抵達京都之後。而且只有人說在七条車站看過他，之後都沒人在任何車站或旅館發現他的蹤跡，那他一定是在京都自殺，或者被殺。可是不管是自殺或他殺，要是用一般的方法，而且在京都市內執行，沒道理至今都沒發現屍體……你懂了吧？這就是我的想法。剛才那女人指著燕尾服男的屍體說：『這個男的和松村先生不一樣，太胖了。』可見她殺死的松村應該很瘦。而我看過松村子爵的照片，也一樣很瘦。

還有，那女人稱呼松村時，說的是『松村先生』，特別加了先生二字。這表示她和松村的關係不是那麼親密，同時也可以看成是表達敬意吧。比方說，我們平常在說跟我們沒有任何關係的人，通常都會直呼名諱，但如果對方是社交界的名人或貴族，通常會加先生或女士來稱呼。那女人會特地稱他為松村先生，可能是這個姓松村的人是貴族，而且跟她不熟吧。如果是她的情夫或老公，總之是關係親密的人，殺了對方以後，不可能還稱什麼先生的，應該是『松村那傢伙』或『那個混蛋』吧。光以這個理由來推定，判斷死在那女人手上的松村和松村子爵是同一個人，或許太草率了。但是，我還有一個有力的證據來支持這個推定，就是傳聞說的，獨自離開東京的子爵，抵達七条車站時，有人看到他和一位年輕貴婦人同行。儘管子爵的家僕說，子爵沒有和任何種類的女性來往，以此為由否定了這個傳聞，可是萬一那名婦人是在火車上才和子爵熟起來呢？從討厭社交的子爵生平來看，這種事或許絕無可能。但那女人是奸詐狡猾的婦人，如果她一開始就以籠絡為目的，以巧妙小心謹慎的手段接近子爵，再加上身材曼妙、容貌嬌美的話，子爵也可能對她卸下心防吧。據說子爵帶了很多旅費出門，所以女人可能從東京就盯上他了，打算拐走他的錢。……因為這樣一路思索下來，我才會認為那個貴婦人就是今晚的女人，子爵可能在京都某個地方被她殺了，連屍體都被溶化掉了。」

「所以你的意思是，那女人是專門在火車犯案的詐騙分子之類的？」

「嗯，可以這麼說。從子爵至今下落不明來看，被那個女人殺死，然後被泡在藥水消失的松村就是子爵，這種推論是最合理的吧。如果子爵和那女人不是舊識，那一定是因為身上帶的錢而喪命。那女人一定是騙子，但不是普通的騙子，而是大型犯罪集團的成員，這種謀財害命的事只不過閒來無事做的吧。我認為這種推論很合理。她在東京和京都兩邊都有犯案，京都也一定有放那種藥水和西洋浴缸的房子。一定有個無惡不作的犯罪集團，作案範圍橫跨了東海道，頻頻以交換暗號通訊，幹盡各種壞事。」

「原來如此。聽你一路說下來，我也越來越覺得你的觀察是正確的。所以今晚被殺的燕尾服男，也是貴族之類的囉？」

我繼續問園村。坦白說，不知不覺間，我已對園村的偵探之眼服得五體投地，忍不住想把所有的疑惑都問清楚。

「不，他應該不是貴族吧。我覺得今晚的殺人和松村子爵情況大不相同。」

園村說著，從椅子起身，打開洋樓東側的窗戶，讓外頭早晨清爽的冷空氣，流進香菸瀰漫的悶熱房裡。

「我基於某個理由，認為今晚那個男人是他們犯罪集團的一員。」

園村先這麼說，然後回到自己的座位，盯著狐疑眨眼的我猛瞧。

「從上次在電影院的情況來看，這個男的一定是那女人的情夫或老公。因為他穿燕尾服，你可能會猜想他是貴族。可是一個貴族，會穿著燕尾服，去今晚那種髒兮兮的巷子嗎？我覺得應該是個惡棍，假扮成貴族去參加了什麼晚會回到自己的居處，這樣還比較接近事實。那個燕尾服男，八成是那女人的情夫，這是唯一能解釋的。尤其那女人在拍照時，還說過著這句話不是嗎？『這肚子實在大到太不像話了，畢竟是有七十五公斤的人啊。』她居然知道燕尾服男有七十五公斤，顯然說明了她和燕尾服男的關係。」

「嗯，我覺得你的觀察很精準。這麼看來，是那女人愛上了平頭男，嫌那個燕尾服男礙事就把他給殺了？」

「這就很難說了。這個可能性當然很大，但也有不對勁的地方。你應該也看到了吧，把屍體放進浴缸後，平頭男先幫那女人鋪床，再去別的房間鋪自己的床，睡在那裡。不僅如此，他還始終服從那女人的命令，叫那女人『大姐』。如果他們是情投意合的戀人，那種互動實在難以理解。更詭異的是拍照一事。如果溶化屍體是為了毀屍滅跡，那又何必拍照呢？自己親手殺死的男人的死狀，連夢到都應該會害怕，為何還要把那死狀拍下來？無論如何，這起殺人事件的性質太詭異，或許原因潛藏在意想不到的地方吧。」

「潛藏在意想不到的地方？譬如什麼地方？」

「譬如——這只是基於我的突發奇想——那女人說不定有什麼特殊的異常性癖，必須藉由殺人才感受到祕密快感。所以沒什麼必要，也會因為想殺人而殺人。仔細思索她的行為，我覺得這個可能性很大。你要知道，子爵只不過在火車上接近她，就被她殺了喔。這種情況的殺人，可能是謀財害命，殺人滅跡。可是，雖然不知道子爵身上帶了多少錢，但畢竟只是旅費，最多也不到一千圓吧[13]。只是為了偷這麼一點錢，不致於要取他性命也偷得到吧。譬如讓子爵聞麻藥迷昏他，或者假他人之手叫同夥的男人下手都行，那麼厲害的女人一定有很多辦法隱藏自己的罪證。而且這種殺法不是普通手法。先引誘子爵去京都市區，再帶去他們的巢穴，殺了之後再用藥水溶化，這種手法還真麻煩。至於昨晚的殺人就更詭異了。那不是謀財害命，但也未必是感情糾紛的情殺，燕尾服男幾乎是毫無意義地被殺，而且還大費周

13 當時一圓日幣的幣值，相當於現在兩、三千日幣。

章地給屍體拍照。光以這件事就能明顯看出，那女人的癖好興趣有多變態。我猜子爵的屍體可能也被拍了照片。再進一步推測，她至今可能以同樣的手法殺了很多男人，而且全數都拍了照片。看著那些著迷於自己美色而喪命的男人死相，宛如面對戀人的面容，得以滿足她狂暴的心吧。至少很難說世上不存在這種變態性慾的女人。」

「我也不是無法想像有這種女人，但燕尾服男可能不只是湊巧成為她慾望下的犧牲品，應該還有什麼別的原因。就算她像你說的是個另類病態女人，也應該不會看到男人就想殺死，譬如她沒殺平頭男，倒是殺死了那個燕尾服男，這又怎麼解釋？」

「我認為是這樣的。——那個燕尾服男不僅是她的情夫，還可能是那個邪惡犯罪集團的首腦吧。也就是說，她的興趣是殺掉地位比自己高，有權有勢，令人出乎意料的人。平頭男是他們底下的小嘍囉，想殺的話隨時都能殺，拿著這種人來當祭品也沒意思。她會盯上松村子爵，一定是因為子爵是上流社會的貴族，激起了她的好奇心。至於殺集團首腦，則是伴隨著自己可以取得首腦地位的利益。況且事實上，那個平頭男不也遵照她的命令，聽從這個女首腦的指揮辦事嗎？」

「嗯，有道理。」

我很佩服園村的見解，繼續說：

「如此解釋的話，謎團似乎就解開了。總之那女人是恐怖的殺人魔。」

「恐怖的殺人魔……沒錯，但同時也是美魔女。儘管我一味在理智上思索她有多恐怖，但腦海裡凸顯的卻是她美麗的一面。即使回想昨夜的情景，湧現的感情也只是，她是個出色的奇異美女，彷彿不屬於人間的妖豔女子。昨晚從節孔窺看到的室內景象，確實是殺人場面，但卻絲毫沒有留下駭人的印象或討厭的記憶。儘管那裡確實有人被殺，卻一滴血也沒流，一次打鬥也沒上演，甚至連些微的痛苦呻吟也沒聽到。這起犯罪進行得悄然冶豔，宛如戀人絮語溫柔地完成。我一點驚悚的感覺都沒有，反倒像在凝視一幅燦亮奪目、色彩繽紛的畫。可怕的東西都很美，惡魔和上帝同樣莊嚴，她說的這句話，不單是形容那色澤如寶石的藥水，也在形容她自己。我覺得她才是活生生的偵探小說女主角，真正的惡魔化身。她才是長期在我腦中幻想世界築巢的幽靈。我甚至認為，可能是我熱戀已久的幻影終於現身在這世上，來安慰我的孤獨。她是為了我，為了與我邂逅，才存在於這世上吧。不，不僅如此，我甚至認為，昨晚的那起犯罪，說不定也是為了讓我看才上演的。所以無論如何，哪怕賭上我這條命，我也要和她見面。接下來，我要竭盡全力去找她，接近她。……我很感激你擔心我，但請你什麼都別說，放手讓我去找她吧。之前我也跟你說過，我的目的不在查探她的祕密，我是愛上她了，或者說崇拜她比較貼切。」

園村說完，將雙手枕在後腦杓，在椅子上仰身閉上雙眼，陷入沉思。

他都說到這個地步了，我也不曉得要怎麼規勸他，而且連開口說話的力氣也沒了，因此我同樣仰靠在椅背沉默不語。不久，宛如燃燒般的醉意加重了瀰漫全身的疲勞，我們恍如被裹在深度愉悅的睡雲裡，朦朦朧朧地進入夢鄉。半夢半醒之間，我在意識底層想著，或許我會這樣睡上兩三天……

那起殺人事件發生的隔天，我在園村家睡了一整天，直到半夜才回我小石川的家。憂心等候的妻子看到我就問：

「園村先生怎麼了？果然是發瘋了嗎？」

「還不到發瘋的地步，總之精神非常亢奮。」

「那昨晚的騷動到底怎麼回事？說什麼殺人事件的，是不是搞錯什麼了？」

「確實是搞錯了，不過他精神不太正常，我也搞不清楚。」

「可是你們不是去了水天宮附近？」

我聽了心頭一驚，佯裝沒事地回答：

「沒有啦，後來我連哄帶騙把他送回芝公園的家了。深更半夜的誰要去水天宮啊！真的有殺人事件一定會上報吧。」

「說的也是。可是他為什麼認為有呢？腦筋不正常的人真的很難懂啊。」

妻子只說了這些，似乎就沒再多疑了。

隔了兩天，我終於能好好躺在自家床上，試著把昨天的事回想一遍。這件事的開端起於昨天上午，我在趕下午要截稿的稿子，園村打電話來。如果這整起事件是一場夢，那麼夢境與現實的接點就是那通電話打來的時候。之後我逐漸被帶進迷宮裡。如果是園村的瘋病傳染到我身上，確實是從那時開始的。我應該是在那時誤解了什麼，然後這誤解變成了現實。……倘若果真如此，我又是在哪裡搞錯的呢？

可我想了又想，就是想不出我在哪裡搞錯了。我昨夜目睹的事，無疑是真的。昨天深夜一點多，我現在的這雙眼睛，確實在水天宮後面，目睹了殺人事件。即使有人說我是瘋子，也無法否定這個事實。而園村對這件事所下的判斷，大多是正確的吧？那起犯罪的性質、那個女人、平頭男和燕尾服男，關於這些園村的想法都命中核心吧？既然我無法提出反證駁倒他，也只能承認他的推理是合理的。

我的這種不安與疑惑持續了五、六天。期間我曾兩三度去園村家，但他都不在家。看家的人也覺得不可思議地說，最近園村好像有什麼要事，總是一早就出門，到了深夜才回家。

剛好滿一星期的那天我又去找他，他難得在家，而且興高采烈到玄關來迎接我。

「哦，高橋，你來得正是時候。」

他如此說完，旋即又壓低嗓音，喜孜孜湊在我耳邊說：

「那個女人，現在在我書房。」

「哪個女人？……」

我話一出口便啞口無言。我有想過他該不會已經……？沒想到他還真的把人找來了。不，說不定他是被那女人釣到了，還興沖沖說要介紹給我認識。

「沒錯，那個女人來了。這五、六天我經常不在家，一直在水天宮附近徘徊，伺機接近那女人，沒想到這麼快就讓我成功了。我是用什麼方法、什麼順序接近她，和她熟悉起來，這我以後再詳細跟你說。總之你進去見見她吧。」

儘管園村這麼說，我還是猶豫不決，因此他笑我膽小鬼。

「哎喲，你就進去見見她啦。不會有什麼危險，見個面不要緊的。」

「在你的書房見面當然不會有什麼危險，可是如果因此漸漸熟起來……」

「熟起來有什麼關係？她跟我已經是朋友了。」

「你自己因為愛獵奇而跟她當了朋友，現在我也沒辦法阻止你了。可是要我因為獵奇而跟她當朋友，我辦不到。」

「我可是特地把她找來家裡，你真的不想見她？」

「我是很好奇，也想見見她。但如果你正式介紹我跟她認識，我會有點困擾，能不能讓我躲在暗處偷看就好。怎麼樣？如果躲在你的書房偷看不方便，那帶我去和室房間，這樣我就能透過庭院的植栽偷看她。」

「這樣啊，那就照你的意思做吧。為了讓你看得更清楚，我會帶她去客廳的簷廊那裡說話，你就躲在矮籬笆後面看，那裡一定連談話聲都聽得見。你看了以後如果改變主意，我隨時都可以幫你介紹，到時候叫女傭來傳話就行。」

「哦，真是太感謝了。不過我想沒有勞煩女傭傳話的必要……」

說到一半，我倏地想起某件擔心的事，一把抓住園村的手，向他確認：

「我問你，就算你們變成朋友，你該不會連我們知道她祕密的事也告訴她了吧？就算你甘願因此被殺，我可不想被牽連進去喔。」

「你放心，這一點我知道。她作夢也想不到被我們看到了。當然今後我也絕對不會說出去。」

「那就好，你真的要小心點。千萬別忘記，那是她的祕密，同時也是我們的祕密。這是關係到我們兩人性命的祕密，沒有我的同意，你沒有權利擅自說出去。」

我非常憂心，故意擺出很兇的表情，說出這番話告誡他不可輕舉妄動。

於是這一天，我躲在庭院的籬笆後面再度窺看那個女人。至於詳情，我認為沒必要在此叨絮陳述，只需簡單說明幾點即可。首先，她確實是那晚的女人，只是今天她梳了劉海，穿著乍看像女明星的衣服，還有手臂依然戴著那只閃閃發亮的臂環，以及容貌之美和我從節孔看到的一模一樣。

園村看似已與她相當熟稔。他們好像是兩三天前在淺草的清遊軒球場認識的，她還說她可以打一百球。

「我的身世是祕密，不可以告訴任何人。請你以此為心理準備和我交往。」

據說她以此為條件和園村交往。因此園村更加確定自己對她的揣測，故意佯裝對她的住所與背景一無所知，日日夜夜與她在東京的酒吧、餐廳、旅館相會。昨天他們約在新橋車站碰頭，去箱根溫泉住了一晚，回程園村就把她帶回芝公園的家了。

＊　＊　＊

就這樣，園村和纓子——她如此自稱——的關係日益親密。我偶爾造訪園村家，但他幾乎都不在家，卻經常看到他和纓子一起開車兜風，或占據了劇院的包廂，或手牽手在銀座散步。每次看到，她的穿著都不同，有時穿著縐綢浴衣披上短外褂，有時梳著女明星髮型搭小披風，有時穿白色亞麻洋裝蹬著高跟鞋，任何打扮都不減她的美麗，只是她的表情每次都不同，彷彿判若兩人。

有一天，大概是他們發展成這種關係後一個月吧，發生了一件令我相當驚愕的事。或許也沒什麼好驚訝的，只是我偶然發現，園村身邊不只有纓子，連那個平頭男不知何時也纏上園村了。那是我去三越吳服店[14]看一個展覽時，正巧撞見園村帶著纓子和平頭男，得意洋洋從三樓階梯走下來。園村似乎有意避開我，我更是驚嚇得呆若木雞連招呼都不想打。平頭男滑稽地穿著大學生制服，宛如書生伴隨主人，畢恭畢敬跟在兩人後面。

「連那個男的都出現了，園村不曉得會有什麼下場。事已至此，應該趕快擺脫這種險境吧。」

我如此暗忖，並下定決心這次一定要阻止園村的異想天開。於是隔天一早我就去他山上的家。不料更讓我驚愕的是，出來玄關應門的竟是那個平頭男。

這次他穿著久留米碎白單衣與小倉裙褲。我問主人是否在家，他恭謹地雙手抵地答道：

「主人在家，請進。」

他滿臉笑容可掬，可是笑得卑賤。

園村坐在書房的書桌前，心情看似極度鬱悶。我將房門緊緊關上，以防談話聲洩漏出去，然後趕忙走到他旁邊，激烈詰問：

「你、你、你怎麼讓那個平頭男也進來了？這整件事到底怎麼回事？」

「嗯。」

園村只應了這麼一聲，斜眼犀利地瞪著我，心情看似變得更糟。可能被我這麼一問，他覺得羞恥才故意裝出這種表情吧。

「你倒是說話呀你，你不說我怎麼會知道呢？那個男的好像以書生的身分住進這裡吧？」

14 三越吳服店，是三越百貨的前身。

「目前還沒確定，因為他說沒錢繳學費，我暫時讓他住進來。」
園村起初嫌麻煩地咕噥，後來才勉強如此回答。
「沒錢繳學費？那他是在哪裡上學嗎？」
「他說是法科大學的學生。」
「他這麼說，你就當真？你有去確認他真的是法科大學的學生嗎？」
我接二連三詰問。
「我不知道他有沒有騙我，總之他穿著法科大學的制服在外面走動。他是纓子的親戚，說是纓子的表弟。纓子是這麼介紹他的，所以我也當他是纓子的表弟來對待他。」
園村答得泰然自若，反倒對我很反感似的，嫌我囉嗦，只差沒說這有什麼好奇怪的。我霎時愣住了，茫然地看著他的眼神，好一會兒才重振精神，出言鼓勵他：
「你要醒一醒啊，不然會遭殃的。」
然後拍了一下他的背又說：
「你說這種話不是認真的吧？那對男女說的話，你怎麼能句句相信呢？」

「可是他們都這麼說了，我就這麼相信又何妨呢？沒必要特別去查他們的身世背景吧。既然要和他們來往，就要有這種覺悟，這是沒辦法的事。」

「就算不特別去查探他們的背景，那對男女所到之處會發生多危險的事，你應該已經知道了吧。既然你已經愛上纓子，那麼女人那邊就沒辦法，可是至少不要接近那個男的，這是理所當然吧？」

我如此一說，園村又撇過頭去不講話了。

「園村，我今天來是給你最後的忠告。因為日前我看到你帶那男的去三越，或許是我多管閒事，但我不能拋下你不管，所以今天才來勸你。如果你當我是唯一的摯友，至少請你遠離那個男的。」

「我也知道那個男的很危險，可是纓子再三拜託我，要我照顧他。……我已經無法違背纓子的意思了。」

園村說著，垂眼低頭，彷彿在向我乞憐。

「或許你覺得無所謂，但之前我也跟你說過了，如果你輕舉妄動，到頭來也會害我陷入險境，我真的無法坐視不管。萬一逼不得已，我會去報警抓他們兩個，你最好要有心理準備！」

我沉下臉來怒嗆，他卻不顯驚慌，反倒神色自若地說：

「就算你去報警，他們也不是輕易會被警方逮到把柄的人，到頭來只會害我們被他們怨恨喔。到時候你會更傷腦筋吧。唉，你就別管這件事了。真的不用擔心，我也很愛惜自己的性命，不會亂講話啦。」

「這麼說，你是怎麼都不肯聽我忠告囉。那我為了自身安全，今後也不會再接近你了。當然這點小事，你應該早有心理準備吧。」

「唉，事到如今也沒辦法了……」

我都把話說到這種地步了，園村依然老神在在，只是頻頻斜眼瞄我。那眼神彷彿在暗示：「我為了愛情，連命都可以不要了，遑論區區一個朋友。」

「好吧，那我告辭了。反正你也不需要我了……」

我丟下這句話便快步走向門口。他絲毫沒有攔我的意思，依然悠哉坐在椅子上看我離去。

＊　＊　＊

就這樣，我和園村絕交了。他是個反覆無常的人，改天又覺得寂寞了，一定會找一堆說辭來向我道歉吧。他一定會後悔惹我生氣。——我如此想著，卻空虛地過了一個月，他沒打電話來也沒寫信來。當時我是進退維谷，不禁怒火中燒才把話說得那麼重，其實我並非真心想疏遠他，如今看他音訊全無，搞得我也擔心起來了。「園村該不會被殺了吧？落到和燕尾服男同樣的下場？要不然不可能這麼久都不跟我聯絡。」

我始終對此耿耿於懷，更且除了友情之外，我還有些許好奇心。那個自稱纓子的女人與平頭男，後來怎麼樣了？園村也多少知道一些他們詭異的內幕吧。

等了又等，到了九月上旬，我終於收到園村的來信。

「哼，他終究受不了寫信給我了。」

我如此暗忖，頓時覺得園村還蠻可愛的，連忙拆封看信。不料看到信裡的第一句，我霎時嚇到臉色蒼白。因為這句寫的是：「請把這封信當作我的遺書。」

「請把這封信當作我的遺書。我預料最近，可能在今晚，纓子會殺了我。他們會用例行的恐怖手段，取我的性命。這是我逃也逃不掉的命運，而且我也不是那麼想逃。總之我是死定了。

我這麼說，想必你很驚訝吧。或許你會憐憫地笑我，並感嘆我這無可救藥的獵奇癖與瘋狂。但請你不要恨我。如果你恨我，也請重新再想想看。請別把我不惜捨命也要飛蛾撲火的獵奇癖，當成單純的怪癖。上次的事，顯然是我對你失禮。我那時的態度，絕對值得讓你和我絕交，是我自己罪有應得。坦白說，那時我早有心理準備，為了我瘋狂愛戀的纓子，即使失去你這個最後的朋友也在所不惜。甚至還認為，像你這麼愛管閒事的人，最好以後不要再來我家了。當時我就是以這種心態故意惹怒你。我連命都不要了，怎麼可能還有閒工夫去珍惜你我的友情。這一切都是我瘋狂愛戀的結果，請你不要見怪。畢竟你是深諳我個性的人，事到如今，我堅信你一定已經原諒我當時的失禮。你向來富有同理心與同情心，對於今晚即將離世的我，應該只有悲憫不會憎恨。如此一想，我也能安心死去了。

然而，為何我非死不可？事情何以發展到這種地步？在將死之前，我要向你說明事情的經過，免除你不必要的擔心是我的義務。因此我寫這封信，除了善盡我的義務，也想把我的後事託給你這位我最愛的摯友。

關於那件事後來的發展，真要詳細寫會沒完沒了，因此我就簡單說個大概，其他就靠你自己推測吧。總地來說，他們想殺我的第一個原因是，如今我的存在對纓子只是礙事，已經無法給她帶來任何快樂與利益了。因為我全部的財產已經被她掏空了。她和我親近，一開始就是覬覦我的家產。

儘管我也很清楚這一點，但我就是無法不愛她。再來第二個原因是，我逐漸知曉他們的祕密了，這才是他們想殺我的最大動機。他們為了自保，不能讓我活下去。

至於我為何察覺到他們想殺我的計畫？這無須詳細說明，你看看同封的另一張紙上的暗號文字，自然就會明白。這張寫著暗號文字的紙條，是我昨晚在自家院子撿到的，無疑是纓子和平頭男交換的祕密通信。他們用以前的那種暗號來討論暗殺我的事。這則祕密通信究竟在講什麼？你用上次我教你的方法解碼，自然就會明白。總之，他們打算在今晚十二點五十分，在上次那個地方，以同樣的手法殺死我。想必我不僅會被她勒死，還會被拍下屍體照片，然後還會被浸在那個裝滿藥水的浴缸裡吧。到了隔天早上，我的肉體會在這個地球上永久消失。不過仔細想想，這種死法比中風猝死或被大砲炸得粉碎好多了。況且是死在自己獻上性命的女人手裡，更是愉快多了。我這麼說絕不誇張，能以這種方式結束自己的生命，真是無上幸福。

但是，纓子打算如何把我帶去水天宮後面？這一點我還不太清楚。不過今晚我們約好要去帝國劇場，可能回程時，她會想辦法把我騙去吧。我的猜測大致如此。我的獵奇癖，最初只是想接近她，如今已到了不得不犧牲自己的地步。如果我想活命，也不是沒辦法躲過今晚的命運，但我作夢也沒想過要逃。況且一旦被他們盯上，即使逃得過今晚也不可能永遠平安無事。無論如何，我早就料到會有今晚的命運，這也是我所期待的。

但是，為了讓你安心，我得特別跟你說一件事。他們只是隱隱察覺我知道他們的部分祕密，至於那晚我和你在節孔偷看的事，以及撿到暗號紙條而且看懂的事，這些他們應該尚未察覺。至少他們完全沒想到，除了我以外，竟然還有一個你知道他們的祕密。所以我被殺之後，只要你不主動揭發他們的罪行，你是絕對安全的。希望你把同封附的暗號紙條，當作我留給你的紀念，永遠藏起來。我請求你，千萬別以這張紙條為證據去揭發他們，不可以做出這種輕舉妄動的事。當然，為了顧及你的安全，我死也不會說出節孔窺看的事。我希望讓纓子徹底認為，我是著迷於她的美色，中了她的計謀而死。作為迷戀她、崇拜她的人，這才是對她更體貼更忠誠的做法。

至於我要拜託你的事別無其他，就是希望你在今晚十二點五十分，潛入水天宮後面那條窄巷，再度像那晚一樣，從節孔窺看，送我最後一程。請你在暗處看著，看我如何消失在這世上。前面也說過了，纓子已經捲走我所有的家產，我在這世上已身無分文，就算有也沒有可繼承的子孫，而且我又不像你有藝術上的著作可以傳世。一旦我的屍體遭藥水溶化，我曾經存於世上的痕跡也會消失得無影無蹤。我確實活過的這個事實，就只存在你的記憶裡了。想到這裡，我覺得很寂寞。因此至少，我希望你能更深刻地記住我生前的印象。請你來看我死去的模樣，是達成這個願望最好的方法。如果你願意在節孔偷看我，我也能安心地死而無憾。一直以來我的任性妄為給你帶了很多麻煩，最後臨死居然還拜託你這種事，你大概會認為我是到死都自私的傢伙吧。這也是某種因緣，你就別跟我計較了，請你務必答應我這個請求。

我很想在死前見你一面，偏偏那兩人最近一直黏在我身邊，我連寫這封信都很不容易。現在我最擔心的是，這封信能否在今天之內送達你手中？以及你趕得上今晚十二點五十分來嗎？

此外，我還有一個重要請求，請絕對不要興起想救我的好心念頭。我祈願死在她手上，絕非嘴硬不服輸。如果你多管閒事到處奔走企圖干涉，就算你的動機出於友情，我反而會怨恨你，到時候我可能真的和你絕交。既然是不懂我性情的人，我也沒必要以朋友相待。」

園村這封信到此嘎然而止。這封信寄達我家，剛好是當天傍晚。

所以當晚我怎麼做呢？是拒絕他懇切的請求，向警方密告這幫惡徒，將園村從危急之中救出來？抑或滿足他的期望，徹底善盡他唯一好友的義務？——我當然只能選擇後者。

然而我終究沒勇氣詳述當晚從節孔裡看到的景象。即使是同樣的殺人慘劇，上次看到的只是與我毫無關係的燕尾服男，但這回是眼睜睜目睹我好友遇害的各種慘狀，叫我如何能冷靜地詳細描述……

之前園村曾拉著我在暗巷裡轉來轉去，但我早忘記那間房子到底在哪裡，所以花了一小時在那一帶找來找去。終於找到那間房子的時候，比指定的十二點五十分早了五、六分鐘。不消說，這晚門口也出現了鱗片記號。要是沒這個記號，我恐怕怎麼找都找不到吧。因為早到了五、六分鐘，我全程目擊了園村被她勒斃的瞬間，一直到拍照，被扔進浴缸裡的所有景象。比上次更駭人的是，上次一切都背對著我進行，但這次加害者與被害者都面向節孔的方向，彷彿是為了供我觀賞似的。園村的眼睛，即使變成屍體後也一直瞪著節孔後面的我的眼睛。

他的頸部被縐綢腰帶勒住時，拚命地瘋狂掙扎，終於快斷氣的瞬間，發出沉重、痛苦、悲傷至極的呻吟。於此同時，妝點在纓子粉頰上的是一抹冷冷淺笑。平頭男則是翻著白眼珠帶著殘忍的嘲笑。這些景象對我造成多大的震懾，只能任憑各位想像了。

拍攝屍體，調配藥水，一切都照之前的順序進行。最後園村慘不忍睹的屍體完全浸入西洋浴缸後，纓子說了這麼一句話：

「這傢伙也和松村先生一樣瘦瘦的，應該很快就會溶化吧。」

「不過這個男人還真幸福啊。可以死在心愛的女人手裡，算是如願以償。」

平頭男說著，低聲冷笑。

我等室內熄燈後，躡手躡腳走出窄巷，茫然地從人形町走向馬喰町。

「這樣就結束了嗎？那個叫園村的人就這樣就沒了嗎？」

想到這裡，比起悲傷，我更覺得短促到難以置信。一個向來陰晴不定、個性剛愎倔強的人，連死法也如此扭曲。能瘋狂到這種地步，我反倒認為是壯烈了。

兩天後的早上，有人寄了一張照片給我。我打開一看，無疑是園村前天晚上被拍下的遺容。當然沒寫寄件人是誰。

我將照片翻到背後一看，發現陌生的筆跡寫著這麼一大段話——

「我們聽說您是園村先生的好友，因此寄這張照片給您作紀念。或許您對園村先生詭異的下落不明，多少已略知一二。此刻看到這張悽慘的照片，想必更明白箇中祕密吧。總之，園村先生已於某月某日某地，死於非命。

此外，我們受園村先生之託，向您轉告他的遺言。他說在他芝公園山上家裡的抽屜，放了一些錢，請你自由取用。這是他領悟到終究難逃自己的命運時，委託我們轉告的話，所以我們也據實告訴您。

最後再附帶說一件事。我們信任您的人格，只要您不違背我們對您的信任，我們也絕對不會給您帶來任何麻煩。」

看完後，我立即將照片收進小文件盒的底部，牢牢上鎖，然後直奔芝公園山上的園村家。

可是這到底怎麼回事？那個平頭男今天也依然在園村家扮演寄宿書生的角色，前來玄關應門。而且我什麼都還沒說，他就連忙帶我進去書房。

結果如何呢？坐在書房中央安樂椅上的，竟是前天晚上早就被殺死的園村！他好端端地坐在椅子上，悠哉地抽菸。我大吃一驚，也旋即恍然大悟怒斥：

「畜生！園村你這傢伙！居然騙了我這麼久！」

我不客氣地走到他旁邊繼續罵：

「你到底在搞什麼鬼？這一切都是騙人嗎？我都不知道你在騙我，真是白擔心了！」

我邊說邊瞪，簡直像要把他的臉瞪出洞來。然而實際上，換做別人我一定會怒火沖天，但對方是園村，我還真的氣不起來。

「唉，真的對你很抱歉。」

園村凝望遠方，說得從容不迫。那表情一如往常地憂鬱，絲毫沒有「我把你騙慘了吧」的得意之色。

「你確實是被我騙了。可是這件事，我不是一開始就在騙你。前半段是我被纓子騙了，後半段才是你被我騙。但我絕非出於一時好玩才騙你，這一點請你務必諒解。」

接著他說出騙我的理由——

這個叫纓子的女人，曾是某劇團的女演員，才貌雙全備受讚譽，但她是天生的悖德狂，在性慾上又有殘忍的特質，因此不久便遭到劇團排斥而墜入不良少年集團，這段時期染上了專門詐騙有錢男人的惡習。有個叫S的男子，以前曾在園村家當寄宿書生，後來墮落成不良少年與纓子結識，纓子便經常從S那裡聽到園村的事。S如此向纓子慫恿，說了「園村是個有錢有閒，很愛追求另類女子的獵奇男人，雖然難以取悅，但個性有點瘋狂，一旦愛上女人，不但會把自己全部的財產獻給對方，甚至連命都可以不要。憑妳的智慧與美色，一定可以成功騙到他。我會教妳一個妙計，讓他對妳一見鍾情，妳務必要試試看」之類的話。

因此園村從在電影院撿到那張暗號文字紙條開始，到去水天宮後面的窄巷看燕尾服男被殺為止，都是在S的策畫下，由纓子偕同男性夥伴，故意將園村引到窄巷窺看節孔的手段。那暗號文字是S以好玩心態構思出來的，平頭男則是故意將紙條掉在地上讓園村撿。至於溶化人體的青色與紫色藥水，當然也是惡作劇的騙局，只是想做出燕尾服男遇害的假象。至於說出松村先生如何如何，也只是纓子剛好想起報上松村子爵的新聞而巧妙加以應用。就這樣，熟知園村嗜好與性癖的S的計謀成功奏效，完美地讓園村立刻迷上纓子。

到此為止是纓子騙了園村，接下來是園村騙了我。他與纓子熟稔之後，不久就發現自己被纓子騙了，但他沒有因此而討厭纓子，反倒非常欣賞纓子費盡心思想騙男人的怪癖，覺得纓子的怪癖不亞於自己，喜歡得不得了，使他對纓子的愛戀又更上層樓。然而儘管知道這是一場騙局，他仍不覺得那晚在窄巷節孔看到的情景是假的，希望自己也能像燕尾服男，死在纓子手上。這樣的願望不禁湧上心頭。

他任由纓子擺布，要錢就給錢，要東西就給東西，最後還如此熱切懇求纓子：

「我把我全部的財產都給妳，只求妳像上次那樣，親手殺了我。這是對妳唯一的請求。」但纓子這個不良少女再怎麼變態，也不可能答應如此離譜的請求。

於是園村如此拜託：

「那麼至少，假裝把我殺死。我想讓我的朋友看這一幕。」

我覺得園村會想做這種事，不僅出於他的好奇心，還要加上他那獨特且異常的性慾衝動吧。

「說到這裡，你大致都明白了吧。我不是為了騙你而騙你，我是想盡可能和你一樣，真切地感受園村這個人被她殺死的事實。我認為找你去節孔偷看，那晚的氣氛和情境會更逼真。只要纓子願意下手，我真的隨時都可以死去喔。」

園村如此說道。

不久，門外傳來穿著拖鞋的輕快腳步聲。纓子走了進來。她雙手玩弄著那條屢次用來做恐怖惡作劇的縐綢腰帶，站在兩個男人中間，一副要他們介紹給我認識的樣子，毫不膽怯地嫣然微笑。

慾望的魔術師

作　者　谷崎潤一郎
譯　者　陳系美
主　編　林玟萱

總編輯　李映慧
執行長　陳旭華（steve@bookrep.com.tw）

出　版　大牌出版 / 遠足文化事業股份有限公司
發　行　遠足文化事業股份有限公司（讀書共和國出版集團）
地　址　23141 新北市新店區民權路 108-2 號 9 樓
電　話　+886-2-2218-1417
郵撥帳號　19504465 遠足文化事業股份有限公司

封面設計　BIANCO TSAI
排　版　新鑫電腦排版工作室
印　製　通南彩色印刷有限公司
法律顧問　華洋法律事務所　蘇文生律師

定　價　380 元
一　版　2021 年 05 月
二　版　2024 年 07 月

電子書 EISBN
9786267491232（PDF）
9786267491249（EPUB）

國家圖書館出版品預行編目資料

慾望的魔術師 / 谷崎潤一郎 著 ; 陳系美 譯 . -- 二版 . -- 新北市 : 大牌出版 : 遠足文化發行 , 2024.07
304 面 ; 14.8×21 公分
ISBN 978-626-7491-29-4 (平裝)

861.57　　113008214